Los BOTONES DE LA
CAMISA DE CHAIKOVSKI

UNOSOTROS
NARRATIVA

Arnaldo Muñoz Viquillón

© 2020 Arnaldo Muñoz Viquillón
Título: Los botones de la camisa de Chaiskovski
ISBN 13: 978-1-950424-27-6
Edición: Dulce Sotolongo
Maquetación: Armando Nuviola
Diseño de cubierta: Armando Nuviola

UNOSOTROS

www.unosotrosediciones. com
infoeditorialunosotros@gmail.com

Hecho en USA 2020

ÍNDICE

Unos viejos zapatos, las flores de lujo y un pedazo de luz

La bola de cristal y el bate de madera

Te odio Cecilio Báez, dijo Antonito Paz a voz en cuello, y no lo digo yo, cualquiera puede jurar que lo gritó. El rencor le brotaba por los poros y por las fosas nasales. Antonito tenía las mejillas como dos manchas granates y resoplaba con la sangre caliente. Y claro, la culpa fue de Cecilio, quien propinó el pelotazo en la frente cuando Antonito se preparaba para poner la pelota de jonrón en los linderos del más allá. Si le daba con voluntad a la bola la elevaría a cuarenta y cinco grados, en cámara lenta, y se alejaría cada vez más de los aplausos hasta perderse de vista, ojos que te vieron ir, nunca la verán retroceder. Nadie desde luego conseguiría adivinar en qué lugar, matemáticamente calculado, caería esa pelota de cristal, de seguro terminaría en un anverso de la realidad, en la luna del hierbazal, quizás en un remate de fango que rodea la vaquería. Cecilio Báez no quiso que Antonito se convirtiera en héroe así de repente ante cien niñas hermosas en su turno al bate. Ellas nada saben de beisbol, pero andan por aquí como moscas de clavel en clavel y por todo el graderío. Tampoco podía consentir que se fuera la bola así por así, desapareciera por magia ante los ojos de la novena. ¿Con qué jugaríamos mañana?

9

Le dio ese pelotazo y no hay que ser inteligente para comprender la razón: la envidia le impide jugar limpio; arruga las cejas y pone fea la cara, le corre una gota de sudor hasta la mandíbula, la seca con la manga de la camisa, ya todo el mundo presiente que va a jugar sucio; en sus pensamientos está tramando algo descabellado y una cresta de odio se le duplica en una vena. Hay algo que se sabe y nadie dice: Zandra prefiere a Antonito Paz, mucho más cuando con el bate le pega a la pelota en pleno rostro y la despierta, la bola huye de la algarabía que se forma en los bancales. Todos tiran serpentinas. Comienza la conga; hasta los profesores que detestan a Antonito en ese mismo instante lo quieren, olvidan sus impertinencias, sus continuos suspensos. En cambio, Cecilio Báez queda en el terreno con la corona del energúmeno puesta en la cabeza. Su mentor lo mira con desprecio. Nadie recuerda que tiene las mejores notas de matemática en el aula. Zandra desde luego lo olvida y solo lo compadecen sus padres, si es que acaso vinieron a presenciar el juego. Por eso le vino a la mente realizar el lanzamiento fallido, supuestamente fallido. Luego dijo que le dolía el brazo, hasta tenía hinchado el hombro y eso se podía demostrar científicamente; entonces se quitó la camisa para exhibirlo. Le salió desviado el envío de la bola, lanzó con todas sus fuerzas para que no le dieran el jonrón que todos estaban esperando. La pelota se envalentonó, seguro le cogió miedo al bate que tan bien reinaba. Si la cojo, la parto a la mitad, pensaba Antonito mientras la veía venir; pero cuando descubrió que era un lanzamiento fallido y rencoroso, fue demasiado tarde. La tenía cada vez más arriba, hasta que le dio, top, en la frente. Premio #1. Se le nubló la vista, le aguaron los ojos, dos lágrimas parecían gotas de grasa. Yo dudo que se haya orinado de rabia, tampoco de dolor, se orinó porque quiso, suerte que no fue mucho, solo una guirnalda cerca de la portañuela. Nadie se percató y él lo negaría si alguien indiscretamente preguntara.

Y a Antonito le frotaron la frente con una peseta falsa, lo llevaron para el lavadero, le pusieron la cabeza debajo de la pila. No salió entonces un chorro de agua sino un hilillo que se fue convirtiendo en nada. Vino luego la enfermera con un abanico y con el aire se le fue quitando el dolor. Le bajaba la inflamación porque trajo ella las manos tan frías como dos ranas, tan perfumadas como la orquídea del patio; con dos sortijas de cobre cada una, «en sus dedos parecían oro», y unas uñas pintadas que hacían del rojo el color preferido de Antonito. Es preciosa la enfermera, seguro pensó y ella le sonrío de la forma que siempre hace con todos sus pacientes. Zandra miraba desde lejos la escena y solo le preocupaba que a Antonito le quedase de por vida la marca del pelotazo en la frente. Si hubiese adivinado que al jonronero le agradaban los masajes de la enfermera, los sentía como si fueran caricias, se hubiese cubierto la cara con ambas manos y se hubiese ido corriendo, de seguro diría alguna que otra mala palabreja.

Luego a la enfermerita se le ocurrió echarle una pomada. Esta crema, ayer me la trajo mi abuela, dijo ella, y la frotó por toda la frente de Antonito. Ese ungüento olía a cacao, a estiércol, a bolitas de chivo, a todo junto y tenía el color de la miel, ardía en los golpes como el alcohol en las heridas. Sin embargo, al lesionado no le importaba, aguantaba como un titán la grata tortura. Esto ayudará a que no te salga un chichón, dijo la enfermera. Si le colocamos un aguacate en la planta de los pies y una tijera, de seguro se le alivia el dolor en las sienes, opinó una vieja que andaba muy cerca, pero la enfermera no quiso seguir sus consejos, se rehusaba siempre a emplear remedios caseros. Me llamo Josefina Isolina, pero me dicen Fini, simplemente Fini, dijo la enfermerita y le pidió un autógrafo a Antonito. Entonces Zandra reaccionó, no le gustó esa parte de la película y se fue diciendo palabrejas por entre el tumulto y con las manos sucias puestas en la cara.

Antonito hasta en la desgracia tiene suerte, seguro pensaba Cecilio Báez, también testigo de la escena. Fini se puso de pie, le dio un beso en la frente a Antonito, éste hizo otro aspaviento de dolor. Ella sonrió con malicia y él escuchó: Ya estás entero, puedes seguir jugando. Y menos mal que no le examinó el ritmo del corazón, lo más probable es que estuviese en el pecho campanilleando y medio loco.

Por hoy vamos a suspender el juego, expuso uno de los profesores. Y claro, el equipo que iba ganando comenzó a protestar. Otros profesores también estuvieron de acuerdo con ese razonamiento que en nada tuvo que ver con el incidente, sino con ese aguacero de bombillos de agua que se empezaba a formar encima del terreno. En efecto, cinco minutos después estaba lloviendo a cántaros. En el camino de regreso, a Antonito, el agua de lluvia le destiñó el color de miel de la pomada, se disolvió su grasosa mixtura, sin embargo, no consiguió borrarle el beso de Fini en la frente.

La noticia secreta del barrio estaba escrita de lengua en lengua

Y después, Cecilio Báez quería pedirle perdón a Antonito. Zandra desde luego no quería ver al jonronero en pintura ni en fotografía, tampoco en su imaginación. Te odio Antonito, dijo Zandra Alí a voz en cuello, y no lo digo yo, cualquiera puede jurar que lo gritó. Luego le tiró un jarrón de flores por la ventana, si no se quita le hubiese salido chispa otra vez de la frente.

No dejaba de llover y Cecilio vino otra vez a pedir perdón mientras Antonito resolvía crucigramas con la espalda apoyada en el cabecero de la cama. Hablaba y hablaba y el otro solo contaba letras que luego no encajaban en las casillas, entonces, sin que Cecilio Báez se percatara, Antonito se hacía trampa a si mismo y buscaba en el ojo de la contraportada las respuestas. Y se ponía contento porque de ese modo había colocado la mitad de las palabras en aquella revista espantosa, cuyas páginas parecían hechas con un papel de bagazo y ajonjolí, polvo de ladrillo y verdolagas. A la verdad es que soy adivino, dijo Antonito cuando logró poner por si mismo la palabra muelle en el crucigrama, y ¡albricias, enhorabuena, eureka, urra, macanudo! era la que encajaba allí y estaba correctísima. A la verdad es que soy adivino, repitió, y Antonito habló para si mismo, no para oídos de intrusos, ni orejas de moscones con gafa, ni era para empezar la conversación con un mal amigo. Sí eres adivino deberías buscar la manera de descifrar quién asesinó a Romeo Ecuador Angulo, dijo Cecilio Báez, se quitó las gafas oscuras y se apartó hacia el lado opuesto de la cama. Se las dio de importante cuando sacó un cigarro chino, lo prendió como hacen los vaqueros de las películas del oeste, chupó la bocanada de humo malcriado y se le trabó en la garganta, acto seguido empezó a toser sin permiso y de tal modo, que si hubiese llegado alguien de repente pensaría que tragó, al perder una apuesta, una salamandra viva y ahora le caminaba el esófago.

A Antonito, como a todo buen Antón Paz, le brillaron los ojos. Del asombro a la curiosidad solo hay un puente de plata que él cruzó con vertiginosas zancadas. Dejó a un lado la horripilante revista, se olvidó del pelotazo y de la cruda enemistad que lo unía con Cecilio Báez, entonces se atrevió a hacer la pregunta clave, sin que el odio por el energúmeno le impidiera hacerlo. Desde hace rato le hubiese querido devolver el golpe, en lugar de una pelota hubiese deseado lanzarle una guanábana en el mismo lugar de la frente donde ahora tenía un chichón, pero, siempre un chisme produce un efecto de seducción y ante las palabras de un chismoso como Cecilio, siempre al interlocutor le nace una pregunta desde lo más profundo: ¿Romeo Ecuador Angulo está muerto?

Cecilio, desde luego, logró al menos que el resentido hablara, parecía tan difícil que ya había pensado marcharse: Estoy hablando con un maniquí, se dijo. Ahora podía seguir dándose importancia de rey sabelotodo, pero fue soltando poco a poco la información clasificada, información que de seguro era propiedad secreta del Estado y que iba corriendo entre la gente mayor de boca en boca. Son cuentos de plebeyos, dicen que de seguro lo asesinaron para robarle alguna prenda, agregó Cecilio.

El carapacho de la mente, ¡uff!, se le hizo un avispero a Antonito; resulta que Romeo Ecuador era, nada más y nada menos que el hermano preferido de Josefina Isolina, la bella Fini. Qué tragedia. Y luego, el cara pálida de Cecilio explicó que ella siempre le aconsejaba a su hermano que no saliera con sortijas de oro silvestre a la calle, que no anduviese con cadenas de plata fanfarrona por lugares oscuros, pues había un asaltante de cuatro caminos, le apodaban Robin Hood del Callejón # 22. Era un tipo mal parecido y peligroso, veía el oro y quería comérselo de un bocado, pues era gandido. Pero Romeo no hacía caso e iba a ver a su novia todas las noches por las más gruesas tinieblas, estaba más enamorado que un pingüino; un pingüino, según la zoología moderna, camina diariamente diez kilómetros para visitar a su amada, con su pasito tun tun demora cinco horas en esa faena. Del mismo modo Romeo hacía unas visitas muy largas y aburridas. Fini se ponía unas sortijas de cobre que no valían más de dos pesos, ella le temía a los salteadores de caminos de invierno. Sin embargo, Romeo no se cuidaba, andaba con todas las gangarrias encima; para colmo, se las daba de cheche duro, conocedor de alguna que otra técnica de artes marciales.

Ahora tendrás que adivinar en dónde Robin puso el cadáver, dijo Cecilio mientras el otro estaba más ensimismado que una caoba en medio del monte, una caoba que no quiere conversar con ningún otro árbol. ¿Cómo es eso?, preguntó Antón y el otro respondió: Resulta que no han encontrado el cuerpo de la victima, solo un zapato suyo cerca del mar, entonces dicen las malas lenguas que de seguro el asaltante lo desvalijó y luego lo lanzó por el acantilado. Si eres adivino como dices, nos encantaría a todos que adivinaras a dónde lo han llevado las corrientes del golfo.

Y claro, al parecer habían hecho las paces los dos rivales. Cecilio estaba contento con eso, pues si no, la conciencia no lo dejaría dormir cómodamente por el resto de su vida. Pobre Fini, tan linda y tan frágil, pensó Antonito. Mira chico, yo no soy un buen adivino, en mi vida solo he adivinado que a un crucigrama vacío le faltaba la palabra muelle, eso no es mucho, pero por ahí podemos empezar, dijo Antonito queriendo ser Antón el intelectual y agregó: Por qué no nos llegamos por Los Muelles, por la zona del puerto, quizás por allí encontraremos el otro zapato de Romeo.

Ya los agentes tienen al culpable

Romeo usaba mocasines, dijo Zandra Alí camino a Los Muelles. A Antonito le costó trabajo, pero finalmente la convenció que averiguar sobre el asesinato de ese especulador no era asunto de la policía únicamente; los niños tienen derecho a opinar, a investigar, a ser respetados en sus decisiones, y por ende, a esclarecer cualquier crimen en la comunidad. Este acto de investigación está amparado por las potestades que nos ha dado la Unicef, expuso eso Antonito y el otro cómplice asentía con la cabeza, el tal Cecilio, el envidioso. Con Zandra Alí hubo que hablar mucho para convencerla, hasta que al fin terminó por involucrarse de alguna manera en el chisme, un chisme censurado por la prensa. Zandra es chanchullera, y claro, le gustaba Antón por sus jonrones, le gustaba Cecilio porque le soplaba en los exámenes de matemática las respuestas más difíciles, pero lo que más le atraía en esta vida eran los chismes inconvenientes que terminan con regaños.

Ella se puso un par de chancletas de cuero índigo y se fue con el dúo de cretinos a buscar una pista que los ayudase a encontrar el sitio exacto donde yacía Romeo Ecuador, de seguro un difunto más sordo que un alfiler. Romeo usaba mocasines, dijo Zandra y añadió: Yo los vi, eran muy extraños, de colores absurdos y de cocodrilo angloamericano, e iba él a ver a su novia todos los días y ya estos zapatos sabían el camino de memoria. No eran mocasines de marca, eran baratos; de supermercados y no de boutique; cortados en New York por una horma rusa, cosidos en Liverpool con un hilo mejicano, puestas las suelas en Xianjai de China y tallados los tacones en Johannesburgo, todo un proceso tan largo para finalmente tener dos ratones en los pies.

Si apareció un mocasín en el acantilado por donde lo echaron a la mar, no muy lejos debe aparecer el otro, quizás donde lo asaltaron, justo en el lugar donde le quitaron las prendas; probablemente en Los Muelles. Lo sé porque soy adivino Merlín, pensaba Antonito. Zandra dijo algo que confirmó sus sospechas: Para ir a visitar a la amada, con un ramo de flores cada día, tenía que atravesar las soledades y las calles oscuras que desembocan en Los Muelles.

En la última visita que hizo Romeo Ecuador Angulo a Julia Julieta Herradura, el padre de la novia estaba harto de su conversación tan larga y sin sentido de aquel galán de noche. Andaba el viejo en pijama, de un lado a otro, y se había fumado dos tabacos. Lamentaba inmensamente haber permitido a su hija tener un novio tan pedante. Cuando no pudo más, le dijo al joven por las claras que se marchara, no porque era muy tarde: *Obviamente la calle está muy mala y no se debe transitar por ella sin luna que acompañe,* (esto siempre lo aconsejan los expertos en problemas sociales desde el momento en que se inauguró la calle más antigua), pero el padre de Julia dijo todo esto porque estaba cansado, aburrido de Romeo, un tipo que cuando se disponía hablar resultaba engreído como todo intelectual. Si hablaban de sombrero, de seguro explicaría que el mejor era el suyo, (de buena confección y etiqueta) y es que a un intelectual le distingue el buen gusto a la hora de escoger un sombrero; si hablaban de música, por favor, las canciones que él escuchaba eran las mejores, las otras que deleitaban a los demás decía entonces que eran pésimas, si no le agradaban las consideraba de extrema vulgaridad; si hablaban de comidas, Romeo Ecuador daba una disertación sobre cómo se prepara una langosta en salsa de oro, si se hablaba de perfume por el mismo estilo, las extrañas camisas que seleccionaba en las boutique, también eran parte de la magia de su buen gusto; si se discutía de pelota seguro se las daba de gran conocedor de las estadísticas beisboleras; no existía un tema de conversación que no dominara en teoría y práctica. En las porfías se comportaba como todo intelectual de verdad, nadie podía contradecirlo, por eso el padre de Julia lo despidió antes de que llegara la hora de irse. Le puso el sombrero en la mano, lo tomó por el brazo suavemente, lo trajo al portal de la casa, le dijo: Chao, y cerró la puerta. Julia suspiró: Qué alivio, dijo. ¿Si te aburre por qué aceptas sus visitas y sus flores?, preguntó el padre. Porque lo quiero, dijo la hija y se fue acostar.

17

Ese mismo día desapareció el hermano de Fini. Dice la gente que lo mataron por la espalda, le robaron todo y luego lo lanzaron por el acantilado como si fuera un muñeco de hilos y algodón. Tenemos como evidencia un mocasín que se le salió del pie allí mismo. El otro mocasín debe estar en la escena del crimen, le dijo un policía jefe a otro policía raso y le ordenó: Encuentra ese maldito mocasín antes de que suene este despertador como un gallo. Y diciendo esto le dio cuerdas al reloj y lo puso para que sonara el próximo domingo a las 4:00 a.m.

El policía raso se llamaba Erineo cuando estaba vestido de uniforme, pero le apodaban Ajo Porro cuando estaba en ropa de campo, y Leoncio Erineo Taco cuando estaba con ropa de ceremonias, elegante y con corbata. Ahora, Erineo, andaba buscando el otro mocasín de Romeo Ecuador para hallar el supuesto lugar de asalto y muerte. Rastreaba en el área de Los Muelles, por sus mercados y almacenes, apartando los barriles de carbón y residuos, los papeles de caramelos y dulcecillos tirados en el suelo, entre escombros de harina, apartando las hojas de árboles lejanos que trajo el viento que volvía de la tierra a la mar. Husmeaba por aquellos escondrijos llenos de chatarras que expelían óxido hasta por los poros, formando bosques de hierro con troncos de níqueles, marabuzales de chapas de acero y latas vacías. E iba Erineo con una lupa, revisaba minuciosamente cada pulgada sospechosa, buscaba rastro de sangre, un jirón de oro de alguna de las sortijas de Romeo Ecuador, buscaba una sola evidencia que pudiese inculpar al Robin Hood del Callejón #22 y no encontró nada hasta después de cuatro horas de búsqueda, justo en un latón de basuras cerca del mar.

El invierno pone desobedientes a las olas y mojaban al policía, pero un Erineo no le teme al agua salada que viene como un golpe frío y parece como si trajera además de gotas de petróleo de barcos sucios, también témpanos de hielo en miniaturas. Qué agua tan fría. Y encontró Erineo, algo, algo curioso, algo secreto, algo vivo, en ese mismo instante en que llegaron al lugar los tres distinguidos personajes: Antonito, Cecilio y Zandra Alí Tojosa.

¡Albricias, enhorabuena, eureka, urra, macanudo!, dijo el jonronero cuando vio al policía raso sacar de la basura un objeto que parecía sacado de un cofre. Todos estaban sorprendidos. Con un garfio sacó Erineo el apetitoso mocasín de Romeo Ecuador. Tenía una sardina adentro, la había traído una ola en la mañana y se quedó atascada como un pie grande en calzado pequeño, cuando tuvo oportunidad saltó otra vez al mar, no sin antes meter un buen susto a todos, sobre todo al valiente Erineo que se puso más blanco que la sal.

Ya con esto es suficiente para encarcelar al Robin, salteador de caminos, dijo el policía raso. En efecto, ya el otro policía, policía jefe estaba en el Callejón # 22. Tocó en una puerta que parecía de cedro, aunque era de cartón, entonces salió un tipo rubio, nacido en el solar de Sherwood, en el barrio La Tinajita; un tipo rubio de mala reputación, muy peligroso según la fama. ¡Date preso, cabezón!, dijo el policía jefe. El hombre peligroso se puso a llorar, dijo que él no había matado a Romeo como andan inventando las malas lenguas. Entonces Robin le pidió al policía jefe, un gordo que no podía ni correr más de veinte metros, pues terminaba sofocado y respirando trabajosamente, le pidió Robin casi de rodillas que le creyese. Seguro le cogió miedo a la pistola que le apuntaba directo al corazón, pues si bien el gordo no podría alcanzarlo en una carrera, tal vez la bala sí, solo bastaba apretar el gatillo de plata. No era aconsejable huir, y claro, si él era inocente como decía, no tendría entonces nada que temer ante la ley y sus disparates. Soy inocente, repitió, y ya estaba el otro a punto de creerle cuando Robin metió la mano en el bolsillo para devolver las joyas de Romeo Ecuador Angulo.

Estas son sus prendas, dijo el hombre rubio y añadió: Pero no lo asalté, estas prendas me las encontré por casualidad en Los Muelles, en un tanque de basura, las joyas y un zapato, allí, en el sitio donde llegan las olas más frías del invierno; el zapato lo dejé quieto, pero estas hermosuras las traje conmigo, ¿verdad que son bellas?

¡Date preso, cabezón!, dijo el policía jefe y por poco se le sale por error un disparo de la pistola. Me has colmado la paciencia. El policía jefe le entregó las esposas a Robin Hood el rubio, y el mismo se las puso. No dejaba de lloriquear y de repetir que por esta vez era inocente, más inocente que el mismísimo San Inocencio Cándido. Vas de cabeza a una jaula, dijo el policía jefe, a quien por sus espaldas le apodaban Cantinflas, pues además de gordo parecía mejicano con un extraño bigotito. Su nombre real era el de José Marlon Blando. Si corres, te pego un tiro en el espinazo, le dijo a Robin en un momento que regresaban a la Décima Estación, justo en el momento en que recordó que había olvidado ponerle balas a la pistola. Ese olvido era muy frecuente, siempre se le quedaban encima del refrigerador. Abría la lata de galletas, tomaba tres decenas de ellas, buscaba mantequilla en una gaveta del refrigerador, las balas que traía en la mano derecha la colocaba en el sitio más descabellado y ahí las olvidaba, junto a la agenda de trabajo, junto a las monedas que usaba para la guagua. Eres un desordenado, le peleaba la mujer, y en ese mismo instante se acordaba de ella. Entonces le mostró la foto de su esposa a Robin y le preguntó: ¿Verdad que es bella? Y Robin no pudo contener la risa, de modo que pasó del llanto a la carcajada con mucha facilidad. Es un bicho, dijo. Por esas últimas palabras, cuando llegaron a la estación, José Marlon Blando le concedió el peor calabozo, uno que por casualidad olía a orine y a semillas de vaca.

Esta historia ocurrió cerca del mar y bajo la constelación El Poeta

Y Julia Julieta lloraba amargamente la desaparición de Romeo Ecuador, aunque tenía certeza de que lo iban a encontrar vivo, al menos eso decía su padre: Vivo y coleando, bicho malo no muere. Sin embargo, el padre de Julia, presumía que le estaba mintiendo a su propia hija, aunque hay mentiras piadosas y sus intenciones son nobles. Julia se tomaba una tableta para calmarse y luego no se calmaba. Volvió a llorar sobre el zapato de Romeo cuando un policía lo trajo a la casa. Era un zapato lejos del poder adquisitivo de una familia decente y aunque eran baratos en su factura, al mismo tiempo resultaban caros para la gente pobre, aunque eran de mal gusto en su confección industrial, estaban a la moda en una producción en serie, y aunque no era duraderos lo parecían, lo peor es que daban peste a patas por su montaje acolchonado. ¿Reconoce este mocasín?, preguntó Erineo tomando la pieza con una pinza. Sí, dijo ella y siguió llorando sobre su olor a queso carabalí.

Igual de impaciente estaba Fini, la enfermera de la clínica Corynthia. Este hermano caprichoso no hay tarde que no me enoje, dijo y se preguntó: ¿Dónde se habrá metido ese miserable? Y entonces se dio a sí misma una respuesta: Seguro detrás de alguna pelandruja. Lo mismo pensaba Cecilio Báez. Zandra Alí por su parte tenía la corazonada de que ese pelele debía estar por las inmediaciones lleno de ataduras y con un parche en la boca: De seguro lo secuestró una cuadrilla de bandidas; ellas simplemente se habían enamorado de él y ahora se adueñaban de su cuerpo, tal vez demandarán un precio por su rescate a otras mujeres atraídas por su rostro de actor de cine. Han secuestrado al príncipe azul, al sangripesado, pelele y poeta. Qué horror. Antonito había visto en el cru-

21

cigrama de la revista la palabra *planeta*, y ese vocablo le daba vueltas y vueltas en la cabeza, sin llegar a descubrir qué posible relación tenía con los acontecimientos de último momento.

De lo que si estaban convencidos los tres muchachos era de la inocencia del rubio del Callejón # 22. Este razonamiento se lo hicieron saber a Erineo: Robin es solo un charlatán, nada tiene que ver en esta historia. El policía raso. no quería entender y aunque quisiera tampoco entendería. Los muchachos planteaban versiones descabelladas en la reconstrucción de los hechos. Mejor se van a sus asuntos, dijo Erineo a los chicos: Yo voy a resolver el caso a mi manera y que mi superior José Marlon Blando decida si estoy o no equivocado. Y claro, de seguro el policía jefe diría que su decisión es correctísima, que toda la evidencia inculpaba a Robinaldo Juf, alias Robin Hood.

Yo no fui, repetía el rubio incansablemente. Se lo repetía a los niños a través de la ventana del calabozo. El detenido no podía recibir visitas, pero Antonito, Zandra y Cecilio, se las arreglaron para descubrir una ventana por donde conversar con un inocente. La ventana indiscreta la adivinó Antonito. Yo no asalté a Romeo ni a nadie, ya no me dedico a eso, dijo el buen Robin y añadió: Esa noche vi una luz muy grande allá por Los Muelles, una luz que partía el cielo a la mitad y me extrañó mucho porque era noche sin luna. Entonces me fui caminando hacia ella, me apresuré porque me quedaba muy lejos. Quería verla desde la misma tierra donde nacía, pero parece que alguien se me adelantó, pues cuando iba llegando se apagó de repente. Esto ocurrió muy cerca del mar. Alguien se ha llevado la luz, me dije cuando llegué al lugar exacto de donde partía hacia el remoto cielo. Enhorabuena llegué a ese sitio, encendí allí mi linterna para buscar algo extraño por los alrededores, y albricias, me encontré un tesoro en un latón de basura, un zapato viejo y una flor negra.

Ahora todos creen que le he robado a Romeo, yo no soy ningún cuatrero, es mi suerte; me encontré esas prendas y son mías.

De todo lo que había dicho el señor Hood, a Antonito le llamó poderosamente la atención el asunto de la maravillosa luz de Los Muelles, en tanto a Cecilio le motivaba curiosidad esa flor negra en una historia contada a través del viento. Zandra se frotó las sienes mientras recordaba las palabras del bandido: *Alguien se ha llevado la luz.* Qué manera extraña de decir las cosas. La policía no está para creer historias asombrosas ni para interpretarlas, dijo secamente el jefe de la guardia, el tal José Marlon. Comía un pan con jamón y remolachas, y recordaba la voz de su esposa que a veces lo regañaba por comer de esa manera.

Ronaldino vive en la azotea del cielo

Y al día siguiente Cecilio Báez iba hacer el primer lanzamiento en el juego de pelota, mientras Antonito esperaba en la posición habitual. Colocó el bate de manera que semejaba la cola empinada de un puma. Parecía dispuesto a dar jonrón, pero andaba con veinte pensamientos distintos en el diagrama de la cabeza y tan entretenido como Cecilio, tal vez más. Cuando éste último ya estaba listo para lanzar la bola se quedó inmóvil como la estatua de sal. Una idea grande le había cruzado por la mente: La única que vende flores negras en esta ciudad es la madre de Thelma; son unas rosas blancas de pétalos impecables, las sumerge en una disolución química y quedan teñidas de colores lujosos, luego las vende carísimas. Si en la escena del crimen había aparecido una de estas rosas, era justo averiguar por qué.

Antonito el adivino bajó el bate, presintió lo que estaba pensando Cecilio Báez. Y claro, el jonronero luego meditaba en otras cuestiones: El asunto de la maravillosa luz de Los Muelles era para él un enigma que no lo había dejado dormir cómodamente la noche anterior. De rato en rato se despertaba con un mal sueño donde veía luces de todo tipo y venían del más allá a buscarlo, luces que se convertían en manos, de un momento a otro podían agarrarlo por cualquier parte. En el sueño él se echaba a correr, por cuanto una bruja venía en una escoba luminosa y le mostraba las uñas, y lo arañaba finalmente. Cuando Cecilio estaba listo para lanzar la bola, Antonito se quedó inmóvil como otra estatua y puso el bate de forma tal que parecía haber olvidado cómo se le pega a la pelota para enviarla a los linderos de allá lejos. Una idea grande le cruzó por la mente: Si hay alguien que puede explicar el fenómeno de la maravillosa luz sobre Los Muelles es Fulanito, pensó, el mocoso que siempre está hablando fantasías. Nadie cree lo que cuenta, nadie cree lo que escribe, pero, desde su ventana se ven cosas fabulosas, acontecimientos llenos de misterios, según su propia lengua. Ese Fulanito es aquel que usa espejuelos negros, ropas negras con huesos pintados, tenis negros acuñados con los colmillos de Drácula 3D, dicen que tiene un telescopio para ver fantasmas, que duerme en un sarcófago, que está más loco que el Loco de París. Su casa queda en un séptimo piso, un edificio antiguo justo frente a los espigones. Su nombre verdadero creo que es Ronaldino.

Cecilio Báez adivinó lo que estaba pensando Antonito. Al público en las gradas le dio por chiflar, por abuchear a los jugadores. El primero hizo un lanzamiento disparatado y flojo, el segundo pasó el bate tontamente. Cuando esto se repitió tres veces, les gritaban: *amarillos*, *lagartijos*, *croqueteros*, querían tirarles hollejos o tizas, pero los profesores lo impidieron a tiempo. Sin dar explicaciones a nadie, los dos mentecatos abandonaron el juego sin terminar el *inning* y se fueron a buscar a Zandra la Linda.

Cuando ella los vio llegar sospechó todas las ideas que tenían en mente. Zandra Alí estaba ayudando a su madre a baldear la casa, a quitar las telarañas del techo, de las lámparas y el hollín de las paredes, entonces dijo: Mamá, vuelvo enseguida. La madre solo pestañeó y ya la chiquilla había desaparecido de la casa.

Thelma, tu madre vende flores muy especiales…, dijo Antonito. …Y muy caras, además, agregó Cecilio Báez y le dio Zandra un codazo por indiscreto y para que se guardara la lengua viperina. Thelma, tu madre vende flores pintadas de negro, parecen carbones de lujo, dijo Antonito otra vez. Thelma asintió con la cabeza y dijo: Las compran los enamorados para sus novias, sin dudas es el mejor regalo que se le puede hacer a una mujer. Nosotros quisiéramos saber, quién compró el último ramo de flores negras, pura curiosidad, dijo ahora Zandra. Oh, eso es imposible, dijo Thelma y añadió: La venta que hace mi madre es confidencial e ilegal, no les puedo brindar ayuda.

Por más que Antonito le pidió a Thelma que le diera la información, luego vino Cecilio con las mismas peticiones, más que todo parecían suplicas, por más que Zandra trataba de convencerla de que ellos no trabajaban para la policía; Thelma se negó rotundamente a buscar en el libro de ventas, el nombre del comprador de las rosas azabaches. Tuvieron entonces que contarle la historia del pi al pa, la historia de Romeo y Julieta, para que ella se entusiasmara con el asunto. Y por supuesto, cuando supo todo, buscó (a escondidas de su madre) en el libro de encargos de ramos especiales, el último pedido de rosas negras. Se hizo a nombre de Romeo Ecuador Ángulo.

¡Qué nos cuentas!, exclamó Zandra con la boca abierta. Afirmativo, el pedido lo hizo ese apuesto personaje, explicó la hija de la florista: Recogió el ramo a las once de la noche, media hora después que el padre de Julia Julieta Herradura le puso el sombrero en la mano y lo despachó, esa misma noche, según lo que ustedes cuentan, el bobalicón desapareció. Y pensaba Antonito que esta era una historia muy rara y Cecilio Báez pensaba lo mismo. Para qué, Romeo, quería flores de lujo a esas santas horas de la noche, se preguntaban los cuatro.

Julia Julieta no hacía más que llorar por la desaparición de su novio. Fini, la enfermera, vino a consolarla. Se veía Fini muy ecuánime, pero ya se estaba poniendo nerviosa. La policía había explorado en el fondo de toda la bahía y no se había encontrado ningún indicio, ni siquiera un botón de la camisa de Romeo. Diez buzos rebuscaron por un escondrijo o por otro, y nada. En tanto, cada vez que interrogaban a Robin Hood del Callejón, él se declaraba inocente. Y ya hasta José Marlon Blando estaba por creerle. Le desesperaba tener a un hombre honesto tras la reja. Registraron otra vez el acantilado donde encontraron el zapato y se demostró científicamente que nadie había estado por allí en la última semana.

Debemos ir a la casa de Ronaldino, dijo Antonito. Thelma se invitó sola a la aventura, sin esperar que alguien lo hiciera. Los cuatro llegaron hasta la puerta del edificio viejo y como el elevador estaba roto tomaron por unas escaleras para siete pisos, las más altas en la Historia de la Humanidad; entonces, cuando el reloj de péndulo dio cuatro campanadas en la tarde, los cuatro cretinos: Antonito, Cecilio Báez, Zandra la Bella y Thelma, Cara de Vieja, tocaron con cuatro aldabonazos en la puerta de mi apartamento 4. Salió mi madre y alguien preguntó: ¿Fulanito se encuentra?

La revista impresa en papel bagazo mezclado con ajonjolí

Erineo leía unos extraños párrafos en la revista *Bohemia* y quería caprichosamente relacionar el contenido de un artículo con la desaparición de Romeo Ecuador. Estás obsesionado con esa historia, le dijo un vecino y continuó: Todo lo que ves, lo que oyes, lo que lees y cuanto se mueve, te empeñas en relacionarlo con la desaparición de Romeo de esta dura realidad que nos acompaña.

Erineo comprendió que había caído en la obstinación, de la obstinación es muy fácil saltar al error, del error se cae luego en el abismo y según los más recientes estudios, el fondo de un abismo está compuesto por la misma sustancia que crece en el fondo de una letrina. Pero Erineo es un tipo porfiado hasta los tuétanos, por eso reflexionaba: *A saber, de qué manera y con qué misterio, este artículo publicado en la revista* Bohemia *tiene conexión mágica con respecto a lo que le está pasando Romeo en este barrio.* Entonces el policía raso le dijo a José Marlon Blando: Es pura intuición, es perspicacia, amado jefe, creo que este escrito en la *Bohemia* tiene vínculo con el asunto del hombre desaparecido.

José Marlon leyó la tira hecha de letras. Estaban todas sentadas sobre el papel y se encontraban en reposo, por eso se veían pequeñas, de modo que obligaron al jefe a coger los espejuelos. El hombre examinó minuciosamente el escrito en aras de vincularlo con la realidad. Cuando terminó, le dijo el jefe al subordinado: Eres un cretino, un hazmerreír sin alpargatas; ¿qué relación hay entre esto y las cosas misteriosas que acontecen aquí? No lo sé, dijo Erineo y con verdadera cara de mentecato agregó: Pero tengo la corazonada de que mucho tiene que ver esta crónica con Romeo. El gordo José Marlon Blando no supo sujetar la carcajada, la soltó en la frente al monigote Erineo y se fue el jefe, ahogado de la risa, con su tabaco como un leño en la boca, un borde de ceniza caía al suelo. Eres un cretino, repitió. Cada vez que el jefe recordaba la *Bohemia* soltaba la carcajada; reía solo, reía de Erineo, policía común y con cerebro de mosquito.

Erineo volvió a leer el escrito de la publicación para tratar de explicar el supuesto parentesco con los hechos. Eran cuatro columnas esta vez, en la sección: Curiosidades de la Historia, y que al mismo tiempo se convertían en un mensaje del más allá, el mensaje que llegó hasta sus manos para iluminarlo. Ya lo había leído seis veces y se exprimía las neuronas. Los párrafos en cuestión decían algo así:

> (…) se adentró en la llanura neblinosa y fría; pantanosa en muchos tramos; a veces las tierras baldías parecen sacadas de las pesadillas. Caminaba dejando las huellas de sus patas sobre el sendero; el invierno se iba apoderando de cada espacio, de cada rincón. Era un lobo enorme, como nunca se había reportado otro igual en esta geografía. Se adentró en la llanura, allí donde las piedras hablan y los fantasmas se aburren en los huecos de los árboles y salen a volar. Anduvo durante muchos kilómetros. Una música se escuchaba a lo lejos. El lobo estepario iba tras el sonido del violín. Sus pasos eran lentos. La niebla crecía en la medida que avanzaba y se metía en un redondel y luego en otro, en otro, todos concéntricos. Un lobo jamás se ha preguntado por qué la tarde se convierte en noche, o por qué la ejecución del violín es algo melancólico cuando lo concibe una enamorada. Y en efecto, asomó su cabeza

en un claro que intermediaba con la casa de los Brunsvik, de modo gradual dejó el hierbazal atrás, y una chica tocaba una melodía de amor. El animal se echó a sus pies mansamente junto a otros doce lobos, de igual modo habían venido buscando con el olfato el olor de tan grata armonía. ¿Era acaso ella una bruja?

Y por las huellas venían siguiendo al enorme lobo, con sigilo, durante mucho tiempo y desde muy lejos. No eran huellas comunes, acaso provenían de un animal muy valioso para cualquier estudio de las ciencias naturalistas. Los perseguidores suponían que sus pasos los conducirían hasta la violinista. Así fue. En algún punto de la Puszta Húngara coincidieron con un aldeano y le preguntaron dónde podían encontrar a Julieta Guicciardi, a lo que respondió de inmediato: En la casa de los Brunsvik. ¿Cómo se llega hasta allí? El aldeano señaló con el dedo índice hacia el sendero y dijo: Sigan las huellas del lobo. Así hicieron los perseguidores.

Sobre Julieta Guicciardi se decía que estaba enamorada de su maestro y desde luego, esa afirmación era un chisme valioso para los perseguidores. Lo comentaba todo el mundo. A los perseguidores no le interesaba el gran lobo en lo más mínimo, ni aun cuando se pudiera comprobar que ha sido el más grande desde la prehistoria, a los perseguidores le importaba exclusivamente llegar hasta Julieta Guicciardi, siendo a su vez el camino para llegar al maestro.

Les cuento la historia como fue contada hace mucho tiempo: Tres hermanas de la familia Brunsvik se enamoraron al mismo tiempo de un virtuoso músico después de conocerlo en

Budapest, tras un viaje corto, tres hermosas hermanas se disputaban al mismo hombre. Ahora para colmo, Julieta Guicciardi, la prima de esas tres desdichadas, del mismo modo enloquecía ante el susodicho músico, enloquecía ante el maestro. Qué fatalidad. En la Puszta Húngara esta historia era conocida por todos y más allá de este paisaje, era comidilla de la nobleza. El rumor corrió hasta Viena. Qué bochorno para la familia que siempre se vanagloriaba de su estirpe y sangre azul. Decían ser descendientes del duque Braunschweig, quien en el siglo XII partió a la Cruzada con sus hijos. Era sin lugar a dudas una familia ilustrada y muy pudorosa.

El maestro de cuerdas era en verdad muy engreído, pero indudablemente tuvo la suerte de causar muy buena impresión en estas tres chicas. No obstante, la mayor suerte fue ganarse la admiración de Julieta Guicciardi, la más bella, la más joven, con solo dieciséis años. Por eso el virtuoso maestro se aprendió de memoria unos poemas de Wolfgang von Goethe y se los recitó. Y claro, ella quedó encantadísima. Del gran músico le gustaban sus patillas, su perfume, su ropa cosida y cortada por el sastre Seyfried, sus botas italianas. Según comentaban los lengüinos, dichas ropas se las prestaba al maestro el archiduque Rodolfo, por cuanto eran muy caras y el compositor en verdad no tenía dónde caerse muerto. No importa, aunque sea pobre, lo amo.

Ahora Julieta Guicciardi tenía el corazón como una flor dentro del fuego, una flor delicada que no se derrite ni se convierte en ceniza. El amor así de pronto cubrió todos los espacios del día y de la noche desde aquella vez que se besaron a escondidas en la mitad del llano. Pero un buen día el maestro recogió sus cosas y se marchó de toda la Hungría. Resulta que él se enojó con Julieta por una tontería, ni vendría al caso mencionarla, pero lo haremos porque nos gustan las intrigas.

El maestro era lo más pedante y susceptible que se haya visto sobre la faz de la tierra, como solo Dios lo sabe, sin embargo, era un hombre de buen corazón, por eso impartía clases de piano y violín en la casa de los Brunsvik, a las tres hermanas y a Julieta Guicciardi, sin cobrar un centavo. Por tan noble iniciativa, Julieta le obsequió una docena de camisas cosidas por sus manos, con la obligación de las mejores puntadas y la exigencia de los mejores cortes de telas. En verdad parecían hechas por el sastre Seyfried.

El músico conversaba mucho con su alumna preferida y amada. Pasaban largas horas hablando, desde el amanecer hasta la noche, desde el lunes hasta el domingo, e incluso se comunicaban en los sueños y cuando estaban lejos el uno del otro usaban de la telepatía. Dialogaban sobre millones de temas raros, por ejemplo: de que las pagodas indias eran más hermosas que las catedrales góticas, de que si el lirio era mejor que la rosa, de que si el cerdo se cocinaba mejor que el atún, de que si Washington era más alto que Benjamín Franklin. Nunca se ponían de acuerdo en estas tonterías. Siempre terminaban enfadados, el uno le iba a la contraria al otro. Pero la disputa más grande la tuvieron aquella noche en que Julieta Guicciardi se atrevió a decir que los lobos no son tan malos como a veces se cuenta en los relatos de la llanura, los lobos se vuelven mansos al escuchar un violín bien ejecutado. El compositor soltó una de las suyas ante semejante disparate y luego una carcajada que sonaba a burla. Ella se indignó ante esa guasa despiadada y le echó encima un plato de sopa. De mí no se burla nadie, dijo Julieta Guicciardi. El virtuoso se enfureció enormemente «por tan poca cosa se bestializó como suelen hacerlo los coroneles» y aún sin quitarse los fideos de encima, recogió sus pertenencias y se marchó de Hungría.

Los perseguidores sabían de esta historia de amor terminada en tragedia. Se decía entre los campesinos de la zona que la partida del maestro le había costado a Julieta más de dos semanas de llanto. El músico de seguro estaba en semejantes condiciones emocionales. Extrañaba, tal vez, la soberbia belleza de la chica y las absurdas conversaciones que unían sus almas.

Cuando los perseguidores del lobo estepario llegaron ante la presencia de la violinista, esta dejó de tocar su patética melodía. Los lobos levantaron el hocico peligrosamente, pero se quedaron quietos. Los recién llegados estaban vestidos con ropas muy extrañas, era un muchacho, y una muchacha que, sin ningún preámbulo, dijo: Si quieres te podemos traer de vuelta a ese desgraciado llamado Beethoven. A Julieta Guicciardi le brillaron los ojos, como es de suponer. Es lo que más quiero, dijo y agregó: Usted debe ser un Hada. La otra muchacha rió y dijo: Más o menos. Ayúdeme por favor, tráigame de vuelta al maestro, a ese cretino, lo amo con la vida, suplicó Julieta. Este asunto del retorno del compositor a Hungría no sale así gratis. ¿Qué tengo que hacer? Bueno, tampoco es un alto precio, apuntó ahora el joven y continuó la muchacha: Mira, Julieta Guicciardi, es de mi interés y solo de mi interés, tener en esta botija que traigo en la mano los botones de las camisas del maestro; tanto las que fueron cosidas y cortadas por el sastre Seyfried, como las que confeccionaste tú con tu paciencia. ¿Los botones?, se asombró la violinista. Si, amor, los botones, ya sean residuos plata, retazos de oro o chatarra vikinga. ¿Tú quieres ver al virtuoso?, nada más sencillo, dijo el muchacho: Tráenos los botones.

Julieta no lo pensó dos veces, fue hasta la casa de los Brunsvik y veinte minutos después trajo en un monedero todo cuanto le pidieron. Enhorabuena, Beethoven había abandonado con la prisa algunas de sus ropas en el armario. Entonces los dos perseguidores tomaron el monedero y se fueron a cumplir con su parte. Son extrañas las peticiones de las Hadas, pensó Julieta.

Aquellos dos extranjeros iniciaron una nueva persecución. Había que dar con el paradero del presumido Beethoven. Se decía que estaba en Viena, se decía que estaba en París, se decía que lo habían visto en Londres. La búsqueda fue un trabajo arduo y les llevó mucho tiempo, pero finalmente lo encontraron en una taberna. Beethoven pasaba toda la noche bebiendo café, mirando a la luna a través de la ventana, suspirando hacia el cielo y esperando abajo el eco del suspiro. Daría la vida por ver otra vez los castillos de Hungría.

Tengo una carta para usted, le apuntó uno de los perseguidores y el maestro se puso en guardia, con cierta petulancia dijo: ¿Quiénes son ustedes?, yo no necesito ninguna carta, no se las he pedido. Entonces el muchacho, el joven perseguidor, expresó con tono amable: No hemos venido desde la Puszta Húngara para escuchar semejante cosa, queremos que usted la lea y punto. Entonces el virtuoso de la música dijo: No sé a lo que ustedes han venido de tan lejos, no me importa, pero, ¿a traerme una carta…? creo que han elegido a la persona equivocada, mejor se la entregan al tabernero, de seguro él la leerá con gusto; yo no sé ni dónde queda Hungría para esperar cartas así de pronto.

A la muchacha acompañante se le iba acabando la paciencia, por eso dijo: Mira chico, ahí está la carta, (la colocó sobre la mesa) si quieres leerla, léela; si te place quemarla, quémala, por nuestra parte ya hemos cumplido con Julieta Guicciardi. Acto seguido ella se levantó y se fue, junto con ella se fue el perseguidor.

Beethoven no se atrevió a quemarla, mas no se atrevió a leerla. La tomó y la guardó en el bolsillo.

Al cabo de un año, la curiosidad casi lo infarta, por eso decidió abrir la carta, después tardó un par de horas para leerla. Imaginó que seguro Julieta Guicciardi le diría algo así: ¡Cerdo!, si yo toco el violín, los lobos se vuelven mansos, el invierno retrocede, la Puszta Húngara florecerá de la nada y de la boca de un pescado del Rhin sacaré una sortija no hecha por joyero alguno, sino vaya a saberse por cuál artista divino. El asunto es que soy muy hermosa, y usted mi querido maestro, un idiota.

Pero, la carta no decía eso. Todo lo contrario: Por favor, vuelve pronto, muero de amor por ti. Julieta

Guicciardi. Cuando Beethoven leyó semejante disparate, pues es el amor un misterioso disparate, se puso una boina, salió a la calle y se montó en un carruaje en Madrid, el primero que le pasó por el lado y le dijo al cochero: Por favor, destino a Hungría. El cochero les dio un fuetazo a los caballos y salieron rumbo a la casa de los Brunsvik. Había transcurrido un año luego que abandonara a Julieta Guicciardi, todo por una pelea tonta. Ahora lamentaba no haber abierto la carta desde el principio. ¿Cuánto tiempo había perdido? Comenzó a contarlo en minutos y uff, era demasiado.

La casa de los Brunsvik estaba vacía cuando Beethoven llegó y eso le intrigó sobremanera. Tocó cien veces en la puerta y cuando se estaba desesperando, por cuanto nadie contestaba, asomó la criada de la familia su fea cabeza por una de las ventanas de la buhardilla. ¿Qué se le ofrece, maestro? Quiero ver a Julieta Guicciardi, dijo Beethoven. Ay señor, qué pena, gritó la criada: justo hoy, 3 de noviembre de 1803, esa chiquilla se nos casa con el Conde Gallenberg, un mocoso de su edad, un cretino, aunque hermoso como San Ternero Adonis. En estos momentos están en la iglesia y mañana se irán para Roma.

Acto seguido el maestro se montó otra vez en el coche con ánimos de impedir la boda, a bastonazos si fuera preciso, le mordería una oreja al sacerdote de la parroquia. Julieta Guicciardi no podía casarse con ningún energúmeno que no fuese él, solamente él y nadie más que él. Los caballos corrían desaforadamente, mucho más que antes, sin embargo, ocurrió un accidente que los retrazó de modo brutal, pues, se rompió el eje de la rueda del coche. De ninguna manera Beethoven pudo llegar a la ceremonia, sino cuando ya habían declarado marido y mujer a Julieta Guicciardi y al Conde Gallenberg. Ella estaba contentísima, tanto así, que el músico dio media vuelta y se fue por donde mismo vino y sin ser visto. Regresemos a Madrid, o a dónde tú quieras, pero que sea bien lejos de aquí, le dijo al cochero.

Fue tanta la tristeza del virtuoso que para desahogarse le escribió a Julieta Guicciardi la Fantasía opus 27 no 2, Claro de Luna. Nunca la volvió a ver ni puso un pie en la casa de los Brunsvik.

Mientras Erineo leía el relato aparecido en la *Bohemia*, buscaba afanosamente la conexión de cada palabra con la desaparición de Romeo Ecuador Ángulo. Nada, no encontraba una cresta, un milagro, un golpe de suerte para ese empeño. El policía raso interrumpió un segundo la lectura para mirar el reloj: 4:29 p.m., hora del piscolabis, o la merienda vespertina, o como quieran llamarle. Hizo entonces un paréntesis; diez minutos, y preparó una limonada con poca azúcar y limones lechuzas, un tesoro de pan con jamón pimienta y queso de cabra inca. Tenía hambre depresiva, esa que produce inquietud y como secuela trae pesadillas en la noche.

Mientras masticaba encontró por azar, en un baúl, el número anterior de la *Bohemia*. La revista estaba completa y sus páginas no habían sido empleadas como papel higiénico. Que suerte la mía, se dijo, y siguió investigando en otro relato con el mismo estilo, de igual modo en la sección: Curiosidades de la Historia, un texto repartido en columnas destinadas para estos temas y escrito por la misma persona. Empezó a leer algo que decía más o menos así:

En la misma semana que murió Miguel Ángel, nació Galileo Galilei, exactamente en 1564 (por coincidencia, en ese mismo año nació el autor de *Romeo y Julieta*, trágico Shakespeare).

Dicen que Galileo tuvo una amiga que se llamaba Tesoro, o al menos así la nombraban en Pisa. Era ella portuguesa y suelen ser cariñosas las mujeres Lisboa. Usaba sombreros de alas trenzadas con tamos de lujo japonés y solía ella llevar bufandas en los inviernos, hechas en el Mar Cantábrico, bordadas en Aquitania. Tesoro era una virgen muy linda. Había tenido una vida difícil en la recolección y cultivo de sandías; a veces como costurera; trabajaba de sol a sol, pero siempre se veía alegre. Se maquillaba con ceniza y polvo que provenía de xilografías de autores famosos; xilografías que los mercaderes quemaban y pulverizaban para convertirlas en colorete. Galileo la encontraba hermosísima, olía su piel a sandía, a menta.

Y Tesoro dijo un día que anhelaba asistir al teatro, se le antojó ver a *Orfeo, favola in musica*, una ópera compuesta por Claudio Monteverdi. Galileo gastó una fortuna, pero le complació y allí estuvo ella; regia, maquillada otra vez con residuos del fuego, bufanda y sombrero del Nilo. En aquel momento asistieron a una representación impresionante.

En cierta ocasión pidió ella un gorrión en vuelo y lo trajo Galileo en el cuenco de sus manos. Tesoro le dio un beso y dijo: Si te pidiera la luna, la pondrías delante de mis ojos. Entonces él se exprimía el cerebro buscando la manera lógica de ponerle la luna más cerca. Ella lo pedía, él obedecía.

Oyó decir Galileo que en los Países Bajos habían inventado un utensilio raro que trataba de aproximar las lejanías y Galileo se encaprichó en hacer uno a su manera. Manos a la obra; y se tardó varios meses en el asunto. Luego de encerrarse tan largo tiempo en sus aposentos, se apareció una noche ante Tesoro con un telescopio inventado por él y dijo: Con esto conseguirás una luna más cercana. Y ella miró por el telescopio hacia el firmamento y descubrió que la luna era más romántica de lo que creía, por eso le dio a ella el arrebato de alegría, le dejó un beso a Galileo en los labios. Él estaba orondo, no solo por el beso, sino por la luna, sobre todo porque el telescopio funcionaba tal y como él quería. En ese momento, ella se detuvo a pensar: Este Galileo es un bribón, se presenta ante mí de manera atrevida. Tesoro enrojeció de pronto y Galileo tuvo que dar una explicación: Te juro que cuando venía hacia acá me encontré a una chiquilla muy pobre, muy pobre, la calamidad se reflejaba en sus pupilas, daba tanta lástima y como no tenía ni una moneda que darle, arranqué mis botones, que eran de plata, lo juro, y se los he dado como limosna. La chica me los pidió. Y recogía el pícaro Galileo el pantalón de los tobillos, se había deslizado hasta caer al suelo. Tesoro notó que traía calzones de flores. Esto es una falta al respeto.

Al día siguiente la portuguesa le obsequió un tambor de hojalata lleno de botones de huesos, de caobas, de semillas talladas en la India. Tesoro le dio otro beso y le dijo: Te darán suerte mientras los uses. Y diciendo esto, se adentró ella en la ciudad y desapareció de su vida, como por obra de la magia.

Fue luego tan inmensa la pena que esto ocasionó en Galileo, que como consuelo se dedicó al estudio de la física y la matemática, con tal consagración que no disponía de tiempo para pensar. Qué raras son las mujeres, a veces un sí es un no, y viceversa, y ambos son generalmente un tal vez.

Dicen los mentirosos de la Historia, que Galileo fue llamado a Roma por la Inquisición, pretexto de usar en su ropa botones extravagantes, aquellos que un día le regaló una amiga de Lisboa; huesos con figuras de demonios hechas a relieve, madera cinceladas con dioses malditos y semillas depravadas, afrodisiacas. Cosas de Satanás, por tanto, se le iniciaría un proceso bajo la inculpación de herejía. Este delito se fundamentó en un documento legislativo: *Se ha prohibido*, dijeron los jueces, *desde 1616, llevar botones tallados en la India y con inspiraciones de la religión pagana*. Entonces Galileo fue obligado a renegar en público de la ropa abotonada a la que le gustaba recurrir, también de sus ideas científicas. Galileo se insultó, arrancó los botones acorazonados de sus camisas y los regaló a la primera duquesa que le pasó por el lado. Son bellos, parecen que están demasiado quietos, empalagados de tanto silencio, dijo ella en tono pomposo. A veces conversan entre sí, indicó Galileo: parecen que están quietos, pero se mueven.

La luz que brota de las entrañas del jueves

Los jueves en la noche desciende una iluminación desde las alturas hasta Los Muelles, destello prodigioso, pero no todo el mundo logra verla, el que tenga ojos para ver que vea. Le he dicho a mi madre: Asómate en el balcón y observa que luz portentosa brota en el cielo y termina al otro lado de la calle, o viceversa. Mi madre se inclina, mira y remira, dice luego: No veo nada Ronaldino. Mi padre la corrige, dice siempre: La veo hijo, la veo, una aureola que parte el firmamento a la mitad, es extraña, surge en noche sin luna. Y mi padre la percibe, pero luego lo aburre, termina por ignorarla, regresa a la televisión junto a mi madre. Yo me quedo con el telescopio en el balcón, examino cada pulgada de esa luz misteriosa, cada hebra, cada fibra, cada puñado de su brillo, sé que no es resplandor de este cosmos. Después la gente no me cree cuando lo cuento, dicen que estoy loco por haber leído tantas novelas de caballería, haber visto tantas películas de demonios dirigidas por Spielberg. Lo cierto es que soy dueño de un descubrimiento mayor, es la suerte de vivir en un edificio frente a Los Muelles y tener el don de poder divisar la luz que viene en canasta, del más allá, de otro planeta.

Antonito recordó que había escrito la palabra *planeta* en el crucigrama y sabía que ese vocablo tenía directa relación con los últimos acontecimientos. Te creo, me dijo Antonito para mi tranquilidad, entonces me contó la historia de la desaparición de Romeo, un relato lleno de intrigas policíacas, con una investigación científica de fondo. Me contó todo del pi al pa, Cecilio Báez de vez en cuando hacía pequeñas añadiduras a detalles que su compañero olvidaba; y en la conversación, Zandra Alí Tojosa hacía lo mismo, en ocasiones hasta unos a otros se iban a la contraria para relatar el mismo hecho. Pero al final la historia era una sola y me pude enterar de todo. Thelma no abrió la boca, solo me miraba con curiosidad, como se miran a los escarabajos, y yo me dije por dentro: *Que hermosa, tanto como las flores que tiñe su madre con bijol y tinta rápida.*

Tengo la pieza que le falta al rompecabezas, señalo y todos me miran curiosos. Dejen que Ronaldino hable, interviene Thelma, la que había estado en silencio como una aguja. El asunto es, (continúo yo) que pocos logran ver la inusitada luz de los jueves sin luna; por lo que ustedes me cuentan, alguien la vio desde un extremo de la ciudad y vino a su encuentro, estamos hablando del tal Robin Hood del Callejón de la Tinajita. La percibió y anduvo en pos de ella para llevársela en una jaba, pero otra persona la descubrió primero y arribó a este tramo de la calle con un ramo de rosas negras. Yo lo vi desde mi balcón, a través de mi telescopio, vi cuando llegó Romeo Ecuador, minutos después llegó Robin Hood y cuando colocó sus pies en Los Muelles, ya la luz se había difuminado en el vacío, cerca del mar y el invierno.

Entonces salgo al balcón, les señalo con el dedo índice por donde aparece la iluminación. Empieza detrás de esos galpones que parecen de películas de horror y misterio, terminan en el cenit. Y no sabe Zandra el significado de la palabra cenit, y yo se lo explico, lo aprendí en mis lecturas de libros de astronomía. Antonito pregunta: ¿Fulanito, todos los jueves sin luna aparece la claridad? Le confirmo que sí. Se le mete entonces entre ceja y ceja averiguar el significado de ese fenómeno que viene del cielo. A Zandra le da miedo, pero Thelma está dispuesta a sumarse a la aventura. Ya se invitó sola, sin nadie haberlo hecho. Estoy seguro que la luz se tragó a Romeo Ecuador Angulo, opinó Cecilio Báez después de pensar en el asunto más de diez veces. Si una cosa así es capaz de raptar a un hombre, es mejor no jugar con eso, pensaba en voz alta Zandra Alí la Bella y añadió: Mejor me voy a casa.

Ciertamente siempre he tenido muchísima curiosidad con respecto a estos eventos de resplandores que involucran a personas que desaparecen sin dejar otro indicio más que un zapato, un arete, un reloj o cualquier cosa. En el barrio hay muchas historias al respecto, las cuentan los viejos que se ponen a jugar a las damas, o que se ponen a vender cigarros sueltos, pasta de dientes y sobres de café. Ellos siempre hablan de hombres raptados en las orillas del mar, y que luego son olvidados por sus familias, por el vecindario, por sus mascotas, por su bodeguero, por los fígaros, seguro se extraviaron en un relámpago, se lo llevó un destello hacia el cielo. Me gustaría descifrar esos enigmas que cuentan los viejos.

Yo sabía que la palabra *planeta* no estaba por gusto en mi crucigrama, recalcó Antonito. Entonces nos pusimos de acuerdo para vernos el jueves próximo a las once de la noche, a solo tres manzanas del lugar incomprensible. Zandra se negó rotundamente a seguir en la comparsa, por más que Cecilio Báez le rogó, ella dio una justificación para no venir.

Pajarito Azteca #59

A la esposa de José Marlon Blando (maldita chismosa conocida en el vecindario como Clotilde la Sueca), se le ocurrió una idea brillante con respecto al caso y de inmediato se la comentó al policía jefe: ¿Por qué no visitas hoy a Genoveva Carmita? ¿Quién es esa?, preguntó el gordo mientras comía unos tronchos de pez cabra sobre vegetales de Pernambuco y papas fritas. A su esposa le molestaba cuando él hablaba con la boca llena, pero esta vez no reparó en ese mero detalle y continuó: Genoveva Carmita es la hermana mayor de Romeo Ecuador, la que vive en calzada Pajarito Azteca #59 entre Dentadura y 6ta Avenida del Corsario. ¡Ah!, la recuerdo, claro, algo recuerdo de ella, pero no veo la conveniencia de visitar a esa bruja, quien para colmo no se lleva muy bien con Romeo. Te será bueno hablar con Genoveva, dijo Clotilde y luego José comentó: A mí me parece que esa Genoveva no se encuentra bien de la cabeza. Genoveva puede ayudarte mucho, insistió la mujer. Eres tan testaruda como una gallega culeca, rezongó José.

El policía jefe abrió la boca para tragarse el último bocado de troncho en tomate, lo hizo en cámara lenta y justo en ese momento Clotilde interrumpió el acto con esta reflexión: Cuando estés frente a esa Genoveva le harás un interrogatorio y sin demora tendrás aquellas respuestas con las que podrás adivinar el paradero de Romeo Ecuador. Podrás preguntarle, por ejemplo: ¿cuándo fue la última vez que lo vio?, ¿quién o quiénes serían sus enemigos encubiertos que quisieran borrarlo del mapa con una goma?, ¿acaso le había pasado por la mente a Romeo hacer un largo viaje?, ¿acaso se marchó con los miembros de una congregación bautista a una excursión por las montañas?, ¿acaso Romeo Ecuador se esconde en un palomar porque debe dinero?, ¿acaso está muerto de mentiras o está vivo de verdad?. Ninguna de las respuestas a estas interrogantes te encandilan la mente, ni se te ocurren, ni las anotas en tu agenda, esposo mío de mi corazón, estás oscuro como un topo. Abre los ojos y ve a la casa de Genoveva, habla con ella. Además, lo más importante de esa visita no es el interrogatorio que te he dicho. ¿Qué es entonces lo más importante, a dónde quieres llegar?, preguntó el gordo con extrema curiosidad. De pronto se le habían quitado las ganas de comer.

Mira, esposo de oro, lo más importante será que consigas conversar con Stefano, el hijo pequeño de Genoveva. ¿Con el mentecato? Si, hablarás con él, explicó Clotilde: Stefano se comunica con los muertos, y los muertos en un momento determinado llegan a saberlo todo, y todo es todo, por ende, consultando a los muertos conseguirás saber en dónde se encuentra Romeo Ecuador y quienes fueron los atracadores, sabrás si está muerto por casualidad o de forma premeditada, sabrás si fue secuestrado o ha desaparecido porque ha ido de carnaval a Río de Janeiro. Todo te lo dirá el niño. Es un crío que posee muchos dones. Yo no creo en una sola palabra de las tantas que dicen los niños, señaló José Marlon y de pronto se le abrió otra vez el apetito; entonces, Clotilde, furiosa de mala manera dio un puñetazo en la mesa y dijo: ¡Igual irás a la casa de Genoveva y harás todo lo que te dije; si no resuelves nada, al menos muestra solidaridad ante esta tragedia, una tragedia mayor, lo que representa la desgracia de tener un hermano desaparecido como si esto fuese una novela! No es una novela, es la vida, y tenemos que sentir y compadecernos de las gentes que nos necesitan. Dale tu apoyo moral a Genoveva. Yo sé que te mando de cabeza a la casa de los locos, pero entiende que son al mismo tiempo buenas personas, las más santas que ha tenido esta comunidad en los últimos años.

Y allá fue José Marlon, de muy mala gana. Había que verle la cara. Tocó la aldaba de Pajarito Azteca #59 y cuando la puerta se abrió, acto seguido salió Genoveva con evidentes intenciones de insultar al policía jefe, insultarlo por gusto, porque si, mas no le alcanzaron las fuerzas, se quedó inmóvil y de repente se echó a llorar.

¡Ah!, no llore, señora, no llore, trató de consolar el gordo. En este momento dejó de ser policía para convertirse en sacerdote. Usted verá que muy pronto encontraremos a Romeo Ecuador; no tiene que inquietarse por su desaparición.

¡Ah!, ¿qué Romeo está desparecido?, primera noticia, dijo Genoveva. Lo está, señora, claro que lo está, por eso he venido hasta aquí, ¿por qué llora usted, sino por eso?, el policía jefe quedó desconcertado como nunca antes en el resto de su vida; entonces Genoveva dijo con pesar: Es lo último que me faltaba para sumarle a mi calamidad un kilogramo adicional de angustia. Yo pensé que su aflicción se debía a Romeo, dijo José Marlon y agregó una pregunta lógica: ¿Sino llora por ese ganso, por quién lo hace usted? Genoveva sentía que el mundo le caía encima, con todo su peso y oscuridad, por eso, para desahogarse le confesó al José: Estoy desesperada por Stefano, el menor de mis hijos. Hace siete días que duerme y en todo ese tiempo no ha conseguido despertar. Mi cabeza está dando vueltas en un remolino y para colmo viene usted con la noticia de que mi hermano favorito ha desaparecido, ¿por qué Fini no me había dicho nada al respecto? Al policía, jefe del sector 21 central, se le ocurrió decir ahora: ¿Fini, la enfermera?, pobre muchacha, estoy seguro que no quiso ella darle a usted una tristeza más, por eso se calló la noticia. Las enfermeras suelen saber que los disgustos afectan el comportamiento de la tensión arterial, pero usted no se preocupe, señora Genoveva, que he venido hasta aquí para apoyarla. Encontraremos una solución, aparecerá Romeo Ecuador, sano y salvo, y despertará Stefano de este misterioso sueño. Téngalo por seguro. Lo juro por esta..., y diciendo esto el gordo se besó el anillo de plata que llevaba en el puño. Era el anillo que unos años atrás había pertenecido al papa Mariano Olivo.

Los espantosos sueños de Stefano

Doce tipos de fobias semejantes y diferentes

Supongan ustedes que yo sueño como el árbol en la pradera, un árbol que sueña la niebla que lo cubre. Supongan que en mi sueño tuviese que entrar a la casa en ruinas de la calle tal o más cual, la casa embrujada lejos de Los Muelles, un espacio separado del mundo por un jardín victoriano; un pájaro de medianoche canta al viento, el viento consigue abrir una ventana, la ventana al rato se descuelga de las bisagras, la noche se hace más noche porque se apaga la luna, la luna se ahoga en el río, escuchen sus gritos mientras intenta respirar un poco de luz, la luz se vuelve un disco roto en el firmamento, escuchen como canta, qué cosa tan horrible. No son estupideces mías, es un canto macabro. Un esqueleto acompaña con su guitarra y le hace la segunda voz a esta trovada.

Hace un rato quise besar por primera vez a una chica en este lugar oscuro, pero ella se fue a todo correr. Le daba miedo lo que yo estoy soñando con mis patas; entonces me quedé solo. Supongan ustedes que después de tan traumática experiencia, de todas maneras, yo quisiera entrar en aquella casa, una casa hipotética, un sitio falso en un 99 %, un sitio que solo existe en teoría porque en verdad pertenece a mi quinta pesadilla en el día de hoy.

Todo lo que nos rodea ahora lo inventé con el pensamiento hipnotizado, soñar no cuesta nada y sabemos que ninguno de mis pasos, ninguna de estas vivencias, ninguna de estas acciones sobre el mundo son parte de la realidad, no obstante, valoremos la ocasión y posibilidad de tener un gran suceso y una gran noche.

La casa en ruinas me llama por mi nombre, una y otra vez; la casa desconocida me conoce, entonces me lleno de valor y entro a este lugar horrible. Así lo he querido y no podemos corregir el destino. Supongamos que avanzo hacia una puerta enorme y colonial, consigo empujarla con el hombro, se abre de par en par con rechinos de película de misterio, prohibida para menores; la desconfianza y el miedo invitan a pasar adentro. ¿Qué demonios hago aquí?

La poca iluminación de este local es aquella que logra alumbrar el farol de la esquina, un mechero de keroseno. Avanzo por dentro de este caserón descrito por primera vez en el magazine del dibujante Víctor Frankenstein. Ahora empiezo a sentir con qué exactitud el miedo crece en mí, crece diez gramos de mierda por minuto. El miedo me lleva a un estado de conmoción, quisiera salir corriendo detrás de mi chica perdida, regresar al punto anterior donde hablaríamos hasta de sexo, y de secretos, y de amores podridos, de amores mal medidos en una pesa de carnicería, en fin, de lo que se nos ocurra, sin embargo la «realidad» es otra, y como esto es un sueño experimental, mejor me olvido de la chica y continúo atravesando por todos estos planos virtuales hasta llegar al final.

Dice el psiquiatra que me atiende que la fobia es un desorden de la mente, una enfermedad determinada por el miedo, y no un miedo común, sino un miedo poderoso, exagerado y de mal gusto, miedo que no siempre tiene origen lógico, generalmente es absurdo en su manifestación. Eso le explica el psiquiatra a mi madre mientras su dedo meñique trata de limpiar el chapopote en las orejas, pero la mamma no presta mucho asunto; abre sus ojos como dos platos, mas no entiende nada de nada. Solo piensa: Mi hijo está loco y la locura no tiene cura.

Y claro, es evidente que soy demasiado patético. ¿Entienden ustedes que padezco al menos doce tipos de fobias diferentes? Tal como lo digo, están diagnosticadas por un profesional, soy el peor engendro de la adolescencia. Y en efecto, si en este instante yo actuara con toda la cordura y cautela del mundo, entonces le temería a lo que hay que temerle de verdad al entrar a una casa abandonada —padezco de atefobia, lo que significa miedo desmedido a las construcciones en ruinas—, una casa que la humanidad olvida porque está lejos de Los Muelles y del centro histórico de la ciudad. ¿Saben a lo que hay que temerle cuando se entra a una zona de desastre? Habría que encogerse de miembros ante la posible presencia de un delincuente amateur prófugo de la justicia; ¿qué pasaría si de momento notara mi llegada y quisiera convertirse en un profesional del secuestro?, o tal vez debo preocuparme por la aparición real de un vagabundo con las ropas más inmundas del día de hoy, ¿qué pasaría si apareciera de pronto y fingiera un ataque de nervios?, o, ¿qué pasaría si millones de arañas prehistóricas decidirán salir por un tragante, toda una plaga con una mutación a la criminalidad, arañas con movimientos programados por el arte digital, qué pasaría si me subieran inesperadamente por las piernas? Supongan que la cobra más venenosa de América, igual a aquella encontrada en Tegucigalpa en 1942, de pronto se desplazara por esta área oscura. ¿Se espantarían ustedes si les ocurriera, aquí y ahora, uno solo de estos contratiempos? Claro que sí, porque cada uno de estos episodios vienen de la lógica de lo posible, sin embargo, a mí nada de esto me asustaría: el miedo mío comienza en la espera insoportable de encontrar a un fantasma del palenque en mi camino. Si ustedes ven que ando con extrema cautela es porque en cualquier momento un fantasma me hará una emboscada. ¿Acaso experimentaré el poder de un ser invisible, su representación terrorífica en el aire, su mano fría en mi hombro, la risa podrida, el pedo, la mueca, o lo que fuera? Tal vez si, tal vez no. Es en este momento tomo en el puño una pata de cabra, por si las moscas; y aquel que quiera llamar la atención, fantasma o no, recibirá un baquetazo en la cabeza.

Pero, aun después de todo, sigo avanzando por el interior de la casa soñada, una casa amordazada por el silencio y las penumbras. El olor a humedad me revuelve la bilis, es olor bacteriológico, todo está lleno de basura. ¿Quién trajo tanta viscosidad hasta aquí, desperdicios de pescados al calor del día, millares de latas abiertas de cervezas Magallanes y hasta la carrocería carbonizada de un Hyundai? A mí no me toca averiguar de dónde viene tanta basura ni a ustedes tampoco. Continuemos casa adentro hasta su corazón de piedra. No vayan a pensar que soy demasiado escrupuloso, pero a tanta asquerosidad junta solo me dan ganas de vomitar un gallo cenagoso en mi gorra. Yo juraría que un trol estuvo aquí hará una media hora lo sumo, lo sé porque ha defecado en aquel rincón por imperiosa necesidad y el fenómeno conserva su frescura, olor y pastosidad, de su abuñuelada desproporción veo salir unos gusanos intestinales —qué horror, padezco de escatofobia, y esto quiere decir, miedo enfermizo a las sustancias fecales—. Miedo a la mierda, para hacerme entender. Un ogro del *heavy metal* ha meado en esta pared su riñón de agua y el orine huele a chivo. Un enano escupió esta resina verde en el piso, tamaño de un peso macho. Una bella bailarina de manera espontánea dejó aquí sus alpargatas por apestar a sudor y a pellejos industriales.

Lo que se está perdiendo mi chica, se fue corriendo porque quiso. Qué hermosos escombros. Tal vez juntos, encontraríamos ahora a este solar como el sitio nocturno más romántico del hemisferio. En fin, estamos en las entrañas del monstruo, en un basurero improvisado por la civilización. Ya sé que a ustedes poco les importan estos comentarios, el único encargo que me han hecho es que cierre la boca y acabe de abrir, de una vez y por todas, la maldita puerta del final del pasillo y entre allí. Estoy seguro que ustedes me desean mucha suerte en este acto.

Los ruidos y silencios de la noche pudieran pasar a la banda sonora de un gran filme de horror. El momento es de suspense como pueden ver y sentir. Si mi psiquiatra viese ahora como sobrellevo el control de la adrenalina en el cuerpo estaría orgulloso de mí; ni siquiera me sudan los sobacos en este segundo, las pantorrillas no me tiemblan. «Esto es solo un sueño experimental», me digo y yo sé que están ustedes aquí presentes, presentes en mi pellejo, y mientras ustedes vivan esta escena igual que yo, me siento entonces acompañado. Justo en este instante, sin pensarlo una vez más, tomo el picaporte y abro la última puerta de la noche, la última puerta de la casa embrujada.

¿Saben ustedes identificar las mayores sorpresas que el universo tiene y nos regala? Miren con sus propios ojos una de tantas. ¡Sorpresa!!!, llegamos a un sitio copiosamente iluminado, el último cuarto de la casa en ruinas, habitación que contiene a su vez la inesperada presencia de otra chica, buena figura y un enorme peinado afroantillano. Anda ella probándose un vestido de pavorreal. Al entrar a la estancia sus ojos no me causan espanto. Vaya intruso de mierda, piensa ella de mí. Lo dice la expresión de su cara.

Mientras yo me hacía el dormido escuché mi nombre

¿Y tú qué haces aquí?, le pregunté a esa chica, peinado afroantillano, chica que parecía venir de Ipanema, *top model* de la alta costura, quien resultó ser, así muy a secas, Vivianne del Campo. Confieso que en realidad la conozco poco, nunca antes habíamos entablado palabra alguna. Ella solo ha coincidido conmigo en el salón de espera de las consultas de psiquiatría. Vivianne entra a las dos en punto por la puerta sur con la doctora Rita Semiova, mientras yo lo hacía el mismo día, a la misma hora, en el mismo lugar, por la puerta norte con el doctor Alonso Sepúlveda. *Paciente Vivianne del Campo, Vivianne del Campo, Vivianne Giulietta del Campo, consulta por la puerta A*; se escucha por el intercomunicador, acto seguido la locutora pegaba la boca al micrófono y su voz salía por la gran bocina: *Paciente Stefano de la U, Stefano de la U, Stefano Xavier de la U, consulta por la puerta B.* Nos poníamos de pie casi al mismo tiempo y cada cual tomaba hacia un punto cardinal diferente, opuestos por el vértice el uno del otro.

Ahora, Vivianne Giulietta se lleva tremendo susto con mi aparición súbita, no obstante, su expresión sigue siendo segura. Solo se atreve a decir, sin titubeó alguno y casi con voz de hombre: Romeo Ecuador está desaparecido, todo el barrio lo está buscando, sin embargo, parece que a ti te importa un bledo, ¿qué estás haciendo aquí? Entonces le respondí sin demora alguna: Si me he llenado de valor para entrar a esta casa tenebrosa, ha sido para encontrar a Romeo en alguna de estas habitaciones o algo que tenga que ver esa desaparición. ¿Qué te hace pensar que ese mequetrefe pueda estar aquí, qué te hace pensar que hay aquí evidencias de un secuestro?, preguntó Vivianne y me quedé callado, pues no supe qué responder ante semejante pregunta, pero al mismo tiempo mantuve la sensación de que en esta casa irreal se encierra un gran misterio con respecto a de ese desarrapado que llamamos Romeo, Romeo por equivocación, pues su nombre real, según el carné de identidad, es Romualdo. Se le dice Romeo de cariño.

A nadie le cuentes que me has visto en este sitio, me dijo Vivianne y yo le pregunto, trato de caer pesado: ¿A qué tanto misterio? No te importa, responde ella con acritud. ¿Acaso te busca la policía? Nadie me busca, muñeco, simplemente me he ido de la casa hace una semana y eso es un problema. ¡Bravo!, exclamo yo fingiendo complicidad: No hay nada mejor que irse de casa. No lo creas, dijo ella: Eso me ha puesto en boca de las gentes, la noticia cayó como una bomba portátil, se escuchó entonces la explosión quince millas a la redonda. ¿Por qué te has ido?, pregunto yo, Stefano donchismoso, con la mayor indiscreción del mundo, pero con cara de bobo, es que como ustedes saben soy un poco chismoso.

El patio de mi casa no es particular, en él me desnudo con paciencia, dice Vivianne tramando dar una respuesta glamurosa de artista de cine silente, quien posa ante un periodista que se babea cuando conversa con las estrellas: Me desnudo y luego viene mi primo, se sienta en el suelo y me mira; yo continuó como si él no existiera. Me meto en un barril de cristal con agua efervescente y pétalos de rosa Lux, entonces viene mi padrastro, se sienta a la sombra de un árbol caballero y se queda mirándome con la boca abierta; me enjabono como si él tampoco existiera. Vine mi profesor de Cálculo, se sienta en el taburete que recuesta a la pared, desde allí me mira, no me queda alternativa que ignorarlo. Me echo *gel de leche* de cabras en el pelo, hago mucha espuma, espuma olorosa, y viene cualquier vecino hasta el patio, se queda en pie y me mira, le sudan las manos y dice con voz temblorosa: Aquí completo el conocimiento total de lo que entiendo por belleza. El más religioso de la parroquia asiente. Y es que sé bañarme hermosamente, dan gusto mis movimientos que tanto se parecen al baile clásico; pero cuando viene el fantasma del palenque, me mira de forma indiscreta cuando me seco con la toalla de verano y hago con ella un turbante en la cabeza, luego los presentes dicen que estoy loca, que soy loca, porque aseguro que el fantasma está ahí, ahí donde nadie lo ve, junto con otros seres de luz que viven también en el palenque. La primera que jura que estoy loca de remate, tenlo por seguro, muñeco, es mi bondadosa madre. Siento su desprecio como una antorcha que me pasan cerca de la nariz y me quema el bigote. Luego agrega mi madre que soy una descarada, que el descaro no tiene solución quirúrgica, el descaro no se opera, para él solo hay un método antiguo, entonces me dio ella una bofetada. Por eso me fui de la casa —yo admiro esta decisión, teniendo en cuenta que padezco de gimnofobia, lo que significa el pánico a aparecer desnudo en público—. Aunque extrañe el patio, no volveré

Luego de contarme esta historia, «entre nosotros», poco verídica, Vivianne se quita el vestido de pavorreal detrás de la mampara y en un segundo se vistió de cisne de Indianápolis, se maquilló, se cambió el peinado a un estilo Pompadour y salió después a la palestra, se miró en el espejo y me preguntó: ¿Me mejora el cuerpo este vestuario? Yo afirmo con la cabeza. Ella no está muy conforme. Se mira por un costado, se mira por el otro, el espejo mágico es mudo. Ella hace una mueca, niega, y se vuelve a meter detrás de la mampara, quizás para buscar una ropa de leopardo. Yo la miro de reojo y digo entonces, por decir algo: Resulta que creer en los fantasmas del palenque ahora es cosa de locos, ¿será posible? Todo el mundo ha visto al menos un fantasma en su vida, dice Vivianne y agrega:

Nadie admite haber tenido este tipo de encuentro por miedo a la burla —admitir la presencia de un fantasma, rondando la noche, lleva a admitir el susto que nos causó. La espectrofobia, es el término científico que se refiere al miedo a los espectros—. En mi casa se ríen de mí cuando hablo de muertos que viven entre nosotros, y ya las burlas de estos intelectuales ebrios se han ido convirtiendo poco a poco en falta de respeto. Por eso, también, tomé mis cosas y me largué. Estoy segura de que transcurrida una semana ninguno se ha percatado aún de mi ausencia.

Mi mamma de igual forma dice que mi cabeza es un potaje, un mosquero, un escorial. A la mamma le brillan sus ojos de gallina y de pronto grita: *¡Me tienes harta con tus sandeces, los muertos nada saben, eso dice la Biblia; los muertos, muertos están y los fantasmas no existen; esos son inventos de los americanos, pero en este país ni los analfabetos creen en ellos, dime, Stefano de mi vida, ¿tú crees en esas vulgaridades?* Qué puedo hacer mamma mía, sí los veo, los huelo y los escucho, fantasma domésticos al servicio de la ansiedad, fantasmas de jardín al servicio del rosal, fantasmas de la noche al servicio de la oscuridad, fantasmas ladrones que te llevan los trapos de la tendedera, fantasmas hambrientos que se meten en la olla arrocera, fantasmas enfermos que meten en el cuerpo y te contagian con su misma enfermedad, fantasmas que gritan, ¿no los oyes? Mi mamma no los oye; yo me tapo los oídos. Me aterran. Cálmate Stefano, dice la mamma: No les temas, deja que se vayan.

No hay nada más asqueroso que la presencia de seres del más allá, dice Vivianne: Asquerosos, repulsivos, sucios, ¿y sabes por qué?, por el olor a verraco que tienen. Gutenberg afirmaba: «No dan miedo, sino asco». Entonces Vivianne se aprieta la nariz y yo le comento: ¿Sabes lo que le ha dicho mi madre a su vecina hace un instante mientras yo me hacía el dormido?:

«Ay, Frida, yo no sé qué tiene Stefano Xavier en el cerebro, ahora asegura que ve muertos y que con ellos conversa. Ahora a mi niño le ha dado por decir que los muertos del palenque afirman que Robin Hood es muy buena persona, que Robin Hood es un santo, que Robin Hood es inocente; no es un cuatrero, sino la bondad de un ángel que se convirtió en persona. Esos muertos no saben lo que dicen».

Y su amiga Frida negaba con la cabeza para luego decir: «Tienes razón, no saben lo que dicen».

¿Cómo es posible que hayas olvidado de pronto a tu Romeo?

José Marlon Blando mandó a Erineo con una llave misteriosa a la Unidad y le dio la siguiente orden: Dale dos vueltas al cerrojo, abre la reja de la jaula y saca a Robin Hood del encierro.

Resulta que la esposa del policía jefe, Clotilde la Sueca, ha ayudado en la investigación. Ella aportó algo importante para el cálculo del experto José Marlon. La gorda Clotilde refirió que Julia Julieta Herradura había dejado de llorar de repente y eso le llamó la atención a las mujeres murmuradoras del barrio, a los hombres también, pero especialmente al padre de la lloricona. ¿Cómo es posible que hayas olvidado de un día para otro a Romeo Ecuador?, preguntó el padre. De ese no me hables, no quiero escuchar un nombre tan ridículo en lo que me queda de vida, dijo Julia Julieta.

Un cambio tan repentino le dio mala espina a Clotilde, por lo que dedujo: Si lo que antes era fuego, ahora es hielo, es por algo, alguna causa debe existir. La teoría de Fini, la enfermera, tomaba fuerzas ante las otras hipótesis; pues según ella: Romeo había desaparecido, pero de ninguna manera lo habían lanzado por el acantilado hacia el mar ni hacia a la muerte, nadie lo borró de esta historia, sino que desapareció por obra y gracia de su propia voluntad. Es muy probable que haya ido detrás de alguna muchacha peregrina, en otras palabras una pelandruja cocotimba, aunque hermosa según el catálogo de identidades culturales. Se fue y él sin dar avisos, como lo haría un galgo enamorado. Si le preguntaban a Julia Julieta Herradura si se sabía media palabra acerca del paradero de Romeo, indudablemente iba a responder lo mismo: De ese no me hablen más, no quiero escuchar su nombre. Y claro, ante tan repentino desamor, ante tan imprevista antipatía, ante tal despecho, ya los vecinos que asisten a diario al agromercado, o las vecinas que conversan después de las telenovelas, todos comentaban que el galán había dejado a Julieta plantada. Aquí no hay secuestro ni desaparición alguna, el chico se fue con su guitarrita a tocar trova en otra parte, fue un acto voluntario. Nadie lo atracó como aseguran las cotorras sensacionalistas. Robin es inocente. Romeo se fue con otra. No lo dudéis. Si Romeo no regresara en los próximos veinte años es muy probable que Julieta quede solterona de remate. Ojos que lo vieron ir, jamás lo verán volver. Fini tuvo siempre la razón. Y estas habladurías que originó la enfermera por el vecindario llegaron a los oídos de Clotilde, entonces ella se lo dijo a su esposo, policía jefe: Pobre Robin del Callejón de la Tinajita, ese muchacho lleva la inocencia reflejada en el rostro.

José Marlon Blando le ordenó a Erineo que examinara la cara del detenido y redactara después un informe, un documento de cien páginas donde estuviera plasmado con lujo de detalles, tecla por tecla en una máquina de escribir, que ese Robin de mierda es inocente y no desplumó a Romeo. El que asegure lo contrario está equivocado y en contra de la opinión de la policía.

Luego de mucho mirar a los ojos del gallo de Robin, luego de analizar sus papadas, las mejillas y su nariz latina, Erineo llegó a una importante conclusión, científica, además: *Ese hombre es inocente.* Entonces el policía jefe le encargó al policía raso que abriera las rejas del calabozo y liberara a Robin, lo liberara de todos sus cargos, lo despidiera de la Unidad con un fuerte apretón de manos y le entregara conjuntamente una postal como retribución a todos los sinsabores ocasionados en los últimos días. Eres un José muy justo, le dijo Clotilde a su esposo: Eres como casi todos los jefes policías, a ninguno de ellos se le puede reprochar más que su mal carácter.

Y Robin estaba contento, volaba sin mover las alas. Y Julia Julieta estaba encolerizada así gratis. Y Fini estaba impasible, por un lado, nerviosa por otro. Y Genoveva estaba preocupada por el sueño de Stefano, mientras Stefano creía en su sueño que Romeo aparecería en la noche de la casa en ruinas. Y José Marlon Blando se comía un pan con jamón sin queso, hablaba con la boca llena: «A ese energúmeno de Romeo Ecuador hay que encontrarlo vivo o muerto; soltero, casado o viudo; afeitado o con barba; calvo o teñido de rojo; pero encontrarlo ya, antes de veinticuatro horas». Luego que José tragó el pan le dijo a Erineo: Llévate pico y pala por si hay que desenterrarlo en un basurero, llévate al perro Gonzo, el perro policía te servirá para rastrear a ese pelele. No vuelvas aquí con las manos vacías, y si no aparece el tal Romeo tú lo inventas, Erineo, lo inventas con barro y mantequilla, como Dios inventó a Adán.

Artículos de otras revistas desactualizadas

Afirmaba un artículo del *Cosmopolitan Magazín* de 1966, una revista de Massachussets destinada a asuntos de mujeres, que en un descuido, Leonardo de Vinci, mientras pasaba una temporada en la alquería de Tutula in Livorno, dejó todas sus pertenencias al alcance de cualquier bandido. Según se explica en esta investigación publicada por el historiador y antropólogo William Thack Semiov, en Tutula in Livorno, «sitio cercano a Florencia», cualquier ladrón conseguiría entrar a la casa grande, podría colarse en la cocina, servirse un engrudo de terneras, una sopa, una media luna de queso, podría dormir la siesta en la mejor cama, meterse en un barril de agua limpia y bañarse con flores, finalmente tomaría las ropas que quisiera y podría marcharse sin ser visto, en tanto, en todo ese tiempo, estaría el maestro Leonardo ensimismado en el asunto de su pintura. La modelo dibujada no sabría si reír o llorar después de tan agotadoras jornadas. Tenía ella que posar como si fuese de mármol, tenía ella que posar y punto.

Supone el antropólogo William Thack que el nombre del primer bandido que le robó a da Vinci fue Ladislao Agua. Pero, el tal Ladislao Agua no sustrajo otra cosa de Tutula in Livorno más que los botones de la camisa del artista y si acaso uno de sus pinceles. Ladislao Agua era un hombre del cual se decía que había vivido casi mil años y que por ello llegó a poseer la más impresionante colección de botones, desde La Edad Media hasta el Barroco. Exageraciones.

En años posteriores se publicó un artículo inusual en *The Edinburgh Review*; una revista británica, que cita textualmente:

(…) lo más curioso de Ladislao Agua es que llegó a poseer en su repertorio de botones caros y famosos, aquellos botones del abrigo de San Ignacio de Loyola. Recordemos que Loyola poseía un abrigo de piel para un severo invierno, una lujosa prenda de vestir por aquellos tiempos. No habría frío suficientemente como para derribar al portador. Me gustan los botones de su abrigo, le dijo Ladislao al orgulloso Loyola, entonces este último se sentía más orondo. Todos les elogiaban de esa manera y por primera vez a sus botones. Yo, continuó Ladislao: tengo un muestrario muy grande de botones, el mayor del que se haya conocido en la Historia. Me interesa atesorar aquellos que pertenecen o pertenecieron a personajes muy aplaudidos. E Ignacio de Loyola hizo una mueca de desdén: Poco me importa tu muestrario. Por tanto, continuó el otro: Me interesaría quedarme con los botones de su abrigo. ¿A santo de qué?, preguntó secamente Loyola. Me dice el entendimiento y me lo confirma el presentimiento que va a ser usted una persona muy aplaudida, durante mucho tiempo recordarán su nombre. Entonces Loyola soltó una carcajada llena de incredulidad mezclada con vanidad. Me luce que usted no sabe que está hablando con Ladislao Agua, un adivino a su servicio. Yo no creo en adivinos, expresó Loyola y al mismo tiempo en su rostro reflejaba intenciones de marcharse, quería olvidar esta conversación para siempre con un pelagatos. No obstante, expuso Ladislao: Sé que usted un día será ordenado como sacerdote, estudiará en la universidad de Salamanca y en París, mas no solo eso, conseguirá darle la mano al mismísimo Papa, por esa razón, y por otras, que desde luego, usted desconoce, yo le compro los botones de su abrigo. Mira, cretino, dijo ahora Loyola visiblemente furioso: No me hace falta dinero, por tanto, damos por terminada esta conversación sin sentido. Yo sé que no le hace falta el dinero, si hubiese ignorado ese significativo detalle no sería yo un adivino, sino un farsante; le tengo una oferta irresistible con la cual usted no solo me daría sus botones, si yo quisiera, usted se quitaría el abrigo y el sombrero, se quedaría en muy poca ropa para pagarme, pero no, yo solo ambiciono los botones. A mi juicio el abrigo es espantoso y confieso que le queda muy mal. Usted quiere parecer un oso con esta vestimenta, pero en verdad parece un mandril.

Ignacio de Loyola pasó su mano por la barbilla, se rascó luego la cabeza, la curiosidad le comía por dentro hasta las tripas. ¿Qué puede tener este cretino que valga más que el dinero?, se preguntaba. Voy a escuchar tu oferta, no obstante dudo que me deslumbres, dijo Ignacio el desconfiado y agregó: Si llegaras a impresionarme consideraré tu entendimiento y presentimiento como una posibilidad a analizar, aunque no me veo como sacerdote. Y después de explicar esto volvió a soltar su carcajada de mandril encima de Ladislao Agua, mas sonó como la carcajada de un oso sobre una cucaracha. El pillo llevó las manos a su fardo y sacó un pincel. Esto es todo lo que usted necesita para completar su colección de pinceles de artistas famosos, opinó el forastero y Loyola quedo estupefacto. Era el auténtico instrumento con que trabajaba Leonardo. ¿Cómo este infeliz había logrado tenerlo para sí? Como adivino que soy, pude saber de su colección de pinceles y el impacto que este objeto causaría en usted. Como puede ver se lo sustraje al maestro de su finca Tutula in Livorno, si no cree que sea el legítimo pincel, si cree que es falso, lléveselo a la boca y con el paladar diga si miento, pruébelo, que por el sabor de su pelo usted comprobará que no falsifico. E Ignacio de Loyola llevó el pincel a la boca, y, ...qué buen sabor, recordaba a un racimo de uvas en la punta de la lengua, al mejor condimento, a la magia misma, a la luz; sin embargo, no hacía falta probarlo de tal manera, a simple vista se veía que esa pieza era original. Ignacio de Loyola se quitó el abrigo y lo entregó a Ladislao. Me conformo con los botones. Y el otro hizo un gesto con la mano derecha de poco me importa ese abrigo si parezco un mandril con él; además, yo tengo más en mi casa. A Ladislao Agua le vino muy bien, pues la noche cayó de pronto junto a una tempestad, una noche que fue especialmente fría. Días más tardes, Loyola hizo un viaje a Pamplona y por todo el camino solo pensaba: ¿Cómo será la mirada de un Papa?

Y tiempo después, en la revista *El Correo de la Unesco* apareció un artículo que ratificaba asimismo la participación del pícaro Ladislao Agua en otras adquisiciones similares a las anteriores. Ladislao fue un coleccionista apasionado, experto en identificar aquellos botones que pudieran llegar a convertirse en importantes objetos de museo y subasta. Muchos decían que era un villano.

El artículo en cuestión de *El Correo de la Unesco* se detenía en el despojo de botones que se le hicieron a las modestas ropas de San Francisco de Paula. Se le atribuyó tal pillaje a Ladislao Agua Bordada. Este acto vandálico insultó al pueblo francés, pues, Francisco de Paula se convirtió entre los francos en un hombre milagroso, un santo metido en doce mil supersticiones, un hijo del buen vivir.

Según el artículo aludido, a San Francisco de Paula se le dio fama en estas tierras, nada más y nada menos que por ser padre de la Pera del Buen-Cristiano. Según se dijo por la santa iglesia, este tipo de fruta provenía de un peral que habría germinado de su bastón; al enterrarlo Francisco en tierra pobre, este había echado raíces.

Si Ladislao Agua le había hecho trampas a tan milagrosa criatura de Dios, milagrosa y famosa, y si además, se comprobaba semejante fechoría, entonces como castigo tendría Ladislao que dejar la cabeza colgada en una soga y el resto del cuerpo también pendiendo de ella, justo en una plaza central de París. Piensa el investigador que redactó este artículo que así fue, el bandido fue ejecutado bajo la lluvia de un 2 de abril.

El problema es que somos unos intrusos

Romeo Ecuador le había encargado a la madre de Thelma un ramo de unas flores de lujo, como jamás haya existido otro igual, según sus propias palabras. Se le ocurrió a la florista conformar con sus disoluciones químicas, un tinte para rosas muy grandes y bellas, frescas como lechugas recién cortadas, hasta parecían artificiales por su exagerado tamaño. Le dijo la florista que un ramo como ese le saldría muy caro, sin embargo Romeo no reparó en el precio, ya que estaría destinado para una persona especial. Para Julia Julieta, claro, pensó la florista y Romeo con cierta habilidad le leyó pensamiento, entonces se le fue la lengua al decir que no, que no era para ella el ramo bendito. Una chica maravillosa lo merece, dijo él y agregó: Es para Hada Julieta.

Nadie había escuchado ese nombre por estos barrios ni por esta ciudad llena de patrimonios. Nadie conocía a esa chica coqueta, vestida con pantalones de harapo mezclilla muy costosos, blusas de adorable pespuntes y un par de tenis con el escudo de un sitio remoto en el universo. Debe ser extranjera, pensó de seguro la madre de Thelma, tuvo Romeo que corregir otra vez la dirección de sus pensamientos. Hada ha llegado después de un largo viaje, pero no viene de las tierras del Golfo como piensas, sino de más lejos, de un lugar más lindo, dijo él y se negó a seguir dando explicaciones.

Vendría a recoger el famoso ramo, minutos antes de las once de la noche, una hora un poco rara e inapropiada para atender a los clientes, no obstante, la florista con tal de ganar su dinerito no la encontró inoportuna. Yo me acuesto tarde, dijo ella muy oronda.

De Hada Julieta nadie sabía el sitio de dónde había salido, sin embargo, muchos hombres la encontraban hermosa. La confundían siempre con una extranjera, por encima de la ropa se le notaba que no era de esta zona. Ella andaba con una cámara cuyo lente parecía una jícara. En cada esquina tiraba una foto. Cada cosa que hallaba extraordinaria, por simple que pudiera parecer a los demás, quedaba para siempre en un retrato suyo. Podía ser un balcón en ruinas, pero soberbio, o una estatua de un hombre a caballo, quizás una ciudadela de vecinos majaderos, a veces un papalote en la mano de un niño, unos patines gastados en los pies de una niña con muñeca entre los brazos, o una jaba de garbanzos que cargaba una vieja en la mano izquierda y otra de tomates y bejucos en la derecha, o jóvenes vestidos totalmente de trajes blancos bajo paraguas de leche y con portafolios albinos, talco blanco en la cara y hasta el reloj de esfera nívea. Todo lo retrataba

Hada Julieta, como las muchachas que vienen de paseo desde el quinto rincón de la tierra. Por esa razón los transeúntes pensaban que venía de turismo y que posiblemente deseaba aprender a bailar cualquier ritmo de moda en una academia de danza boutique.

Solo Romeo se pudo percatar de que la linda no venía de una parte especial del mundo, sino de un sitio común, casi ordinario. ¿Cómo se percató?, ni él mismo pudiera dar una respuesta. Lo cierto es que cuando la vio por primera vez, exclamó muy calmado: Tú debes venir del paraíso, de lo más celeste del universo. Desde luego que fue el piropo más sensato que había escuchado Hada en su paseo por la ciudad. Nadie le dijo palabras más gratas por esos días. Entonces ella le regaló una sonrisa. Por primera vez alguien se le acercaba y no era precisamente para invitarla a bailar.

Mi nombre es Hada, le dijo, después que él insistió para que se lo dijera. Ese día caminaron mucho e incluso fueron a visitar a Agustino Reloj. Ella le hizo un par de fotos, él le sirvió de guía hasta los sitios patrimoniales de la ciudad. Ella en ocasiones reía sus chistes, en ocasiones se sonrojaba. Se tomaron un par de helados juntos. Eran de un sabor tal que Hada no conocía: ¡Qué sabroso!; y después Romeo confesó que tampoco recordaba haber paladeado algo igual. Así los sorprendió una lluvia repentina. Se guarecieron bajo un toldo y siguieron conversando hasta que la noche los sorprendió. Sonó el reloj de la iglesia cercana, unas campanadas que se pudieron contar unas tras otras. Ella se asustó, se le encogió el rostro y preguntó nerviosa: ¿Qué hora es? No te preocupes, es temprano, solo las ocho, dijo Romeo. Ella saltó sobre sus zapatos deportivos, aún no había dejado de lloviznar completamente. Me voy, se me ha hecho tarde. Es temprano, dijo Romeo. Es tarde, me voy, dijo y se fue por la más densa oscuridad, por donde la lluvia no había dejado de sonar.

Romeo se tuvo que conformar con ver a Hada Julieta marcharse a toda carrera. La noche fue un estorbo para él, pues no pudo divisar exactamente el ángulo por dónde se marchó como una flecha; solo sintió que un gato se interpuso en el camino, maulló asustado, con un maullido de pánico. Nada más que eso y desapareció. Romeo consiguió preguntarle a gritos, mientras ella se marchaba a la carrera, antes de que se borrara totalmente de su vista: ¿Dónde podemos vernos otra vez? En Los Muelles, dijo Hada con voz nerviosa. ¿Qué día? El jueves próximo. ¿A qué hora? A las once y media de la noche.

En principio a él le pareció una hora extraña para un encuentro, luego se conformó, con tal de volverla a ver, eso no importaba. Hada Julieta era la más hermosa de todas las Julietas que había conocido. Seguía pensando que esa chica venía del paraíso, de lo más celeste del universo. Romeo se fue caminando como a quien no le importa la lluvia. Estaba contento, más contento que un payaso, más que un actor protagónico en el capítulo final de una telenovela, más que un trovador, quien después de cantar durante horas, no desafinó más de una vez, al final el público le aplaudió. Romeo nunca cantó, no obstante escuchaba los aplausos de sus amigos, de seguro le ovacionarían en el futuro, y hasta le dirán: Eres un hombre de suerte.

Lo primero que se le ocurrió para el jueves en la noche fue encargar un ramo de flores, sin embargo no podían ser ordinarias, tenían que ser lujosas. No podría recogerlas temprano, pues corría el riesgo que se les marchitaran en las manos. Así sucedió en una ocasión; le llevó unas flores a Julia y por tenerlas más de cuarenta minutos en el puño, hasta perdieron el maquillaje y se deshojaron todos los claveles. Julia soltó entonces una discreta sonrisa cuando vio aquel ramo, que más parecía un mazo de berro que otra cosa. Él hubiese preferido escuchar su carcajada, pues una discreta sonrisa puedes estar llena de pensamientos ocultos y a saber cuáles intensiones. Con Hada no podía suceder igual, no quería de ninguna manera pasar por el mismo bochorno. Por eso se dirigió a donde estaba la madre de Thelma e hizo el pedido para una hora tan extraña. Nunca antes a la florista le pidieron un ramo para tan tarde en la noche, ni siquiera esos hombres enamorados que les dan serenatas a sus novias a las doce, ni siquiera ellos venían tan tarde por sus rosas.

Encima de todo quería que fueran negras, un alarde de lujo. Hay que ver que los hombres son caprichosos cuando se enamoran, le dijo la florista a su hija. Thelma no le hizo el menor caso al comentario de su madre, pero, al cabo de unos días se interesó de pronto en el asunto y su madre no sabía explicar el porqué de esa súbita curiosidad. ¿Para quién encargó Romeo esas flores?, preguntó Thelma; entonces la madre examinó la pregunta y reflexionó: Mi hija se está volviendo chismosa, entonces se llenó de sano orgullo y entusiasmo porque su niña se estaba entremetiendo en las historias del vecindario. Por eso dijo con una buena sonrisa: Te encanta el chisme y te entretiene, no negarás nunca que eres hija de la florista, una mujer conversadora. Acto seguido añadió: Las flores no eran para Julia, sino para Hada Julieta, una muchacha que encontró en el camino; de rara apariencia; hasta se tomaron dos helados de guanábana y se pasaron la tarde tirando fotos a las ruinas de la ciudad, hasta fueron a visitar a Agustino Reloj. Romeo parecía enamorado repentinamente, pobre Julia. Hada, le dio hora de encuentro para un jueves a las once y media, en Los Muelles; ahora la pobre Julia Julieta se está cayendo muerta desde que se enteró del asunto, le contaron del pi al pa, e imagínate hija, aquí la gente es muy chismosa y muy mala.

Como es de suponer, a Thelma se le antojó llevar la historia a Cecilio Báez, a Zandra Alí y a Antonito Paz. Todos vinieron para mi casa a conversar sobre el enredo. Tenemos que reunirnos más a menudo para saber cómo va la investigación de *El caso Romeo y Julieta*, tenemos que coordinar cada paso a seguir, cada atajo hasta dar con la verdad de esta historia y sobre todo saber si Romeo está vivo o muerto; y en la segunda variante, hallar al autor del crimen, dijo Antonito. ¿Por qué nos metemos en este asunto?, preguntó Zandra y añadió: Acaso ya no salió en libertad el inocente Robin de la Tinajita. El problema es que somos unos intrusos, dijo Cecilio Báez con una sonrisa contagiosa. El problema es que el chisme nos encanta, a quién no le gusta lo entretiene, indicó Thelma y me guiñó un ojo.

Estamos en el sitio adecuado, en la hora adecuada

Cuando llegó la maravillosa luz al territorio de los grandes misterios, ya habían transcurrido un par de horas, largas, aburridas y llenas de mosquitos, veinte mil olas con olor a petróleo tocaron la costa. Estuvimos en el sitio adecuado, el día previsto y con suficiente antelación. Queríamos ver el fenómeno de la luz nebulosa sobre el firmamento de un jueves; desde el instante preciso en que iniciaría su magia hasta que se apagara. Estuvo Antonito con los ojos bien abiertos, Cecilio Báez con su cámara digital y yo con mi telescopio.

Me tengo que ir, dijo Zandra antes de tiempo y añadió algo nerviosa: Es tarde, estoy fuera del límite de la hora de permiso, mi madre me comería si no regresara ahora mismo. Cecilio se brindó para acompañarla. El trayecto hasta tu casa es bastante oscuro, dijo él. Ella hubiese querido que Antonito se propusiera voluntariamente para algo parecido, para hacerla la custodia de guardia real, pero aquel no dijo ni esta boca es mia; el cabezudo solo miraba hacia las estrellas con una porfía tal que hubiese sido capaz de inventar una luz opaca con su propia mirada. Además, tenía su pensamiento en Josefina Isolina, la enfermera Fini. Zandra puso mala cara, mitad de perra, mitad de vaca, cuando sintió así el roce de la indiferencia. Debió haberle caído como un jarro de agua helada la abulia del jonronero. Se levantó con rabia como si el diablo le hubiese entrado al cuerpo por las fosas nasales, como si de pronto la hubiese tocado un alacrán con el aguijón punta de oro, y una cicuta de perfume. Encogido, apagado, cretino, burro, dijo, arrancó y se fue. Cecilio Báez siguió tras ella y estaba orondo, el mocoso se creía buena compañía para Zandra.

Después de un rato regresó Cecilio y se incorporó a la hilera que formaban sus camaradas en el galpón de Los Muelles. También traía cara de animal, cara de buey, las manos en los bolsillos y total apariencia de varón mal correspondido. Seguro estiró la bemba para robarle un beso a Zandra la hermosa y esta le sonó un par de cachetadas. ¿Qué le habrá pasado?, preguntó Antonito y rió una risa muy repentina sin dejar de mirar al cielo. El cielo de un momento a otro debía romperse con la luz sorpresa que entra en la noche como una espina que se ha desprendido de un astro. Me dijo que no, indicó Thelma: Le pedí a mi madre llegar después de las once y me dijo que no. Entonces a ella la llevé yo hasta la casa, hasta su mismísima puerta de nogal y aluminio con un número veinte. Me dio un beso en la cara y dijo; Hasta mañana Ronaldino, que en realidad quería decir; me gustas Ronaldino.

Por tanto, ninguna de las dos pudo presenciar la historia que contamos, por más que ellas quieran tergiversar los sucesos, se marcharon antes de tiempo. Apenas retorné a Los Muelles apareció la luz sin forma precisa, sin ojo ni nariz, apareció en ese jueves sin luna, sin esa luna hecha de bicarbonato. Ellas no pudieron ver el misterio. Cecilio Báez tampoco, pues no todo el mundo disfruta el don de verla. Por ende, no pudo tirar una sola foto con su cámara. ¡Miren!, dijo Antonito cuando apareció, era todavía del tamaño de un fríjol en las alturas. No veo nada, dijo Cecilio y me pidió el telescopio prestado. De seguro es la misma que vio Romeo Ecuador, pensé yo en ese instante.

No existía un tema de conversación que Romeo Ecuador no conociera, no inmiscuyera entonces la cuchareta y no porfiara de haber un criterio diferente al suyo, por tanto como ustedes ya saben, por culterano y pedante, el padre de Julia Julieta aquella noche lo despidió antes que llegara la hora de irse. Le puso el sombrero en la mano, lo tomó por el brazo suavemente, lo trajo al portal de la casa, le dijo Chao, y cerró la puerta. Julia suspiró: qué alivio, dijo. ¿Si te aburre por qué aceptas sus visitas y sus flores?, preguntó el padre. Por que lo quiero, dijo la hija y se fue acostar.

Momentos después, Romeo, encaminó los pasos hacia la casa de la florista, quien lo recibió con el ramo entintado de negro y adornado con hojas cortadas en los parques municipales, un *nylon* de envoltura y perfume *spray* por encima. Eran flores nerviosas preparadas para damas elegantes, rosas que merecían una tarjeta escrita también con tinta negra, un membrete bordado con hilo de azúcar, unas amarras de estambres cuyo color estaría de más referirlo. Muy contento se fue Romeo con su ramo.

Tomó por una calle que tenía en su reforma, las casas convertidas en panaderías, establecimientos de harina muda para grandes pasteles y hornos afónicos donde se bronceaban bizcochuelos de cacao. Había en todo el camino olor a panes engomados con almíbar y a empanadas. Romeo, también halló en su ruta una cafetería que solo invitaba a membrillo de tamarindo y veinte pasos después encontró una taberna que ofertaba refresco caliente de mandarina. Compró primero media barra de pan, luego un anca de membrillo y se tomó al final una jarra de refresco endemoniado. El tabernero, el gastronómico y el panadero, le aconsejaron que se guardara las prendas del cuello. Uno de ellos dijo textualmente: Es un peligro andar con tantas joyas de plata y oro, podría aparecer un atracador de esos que inventa la oscuridad y conseguiría luego despojarte de todas; es mejor que te las tragues, las guardes en el gaznate hasta que llegues a tu casa. Pero Romeo no hizo el menor caso a ninguno de los tres.

Romeo estaba contento porque no parecía que fuese a lloviznar en esta vigilia; no parecía que el invierno iba a reñir demasiado con el calor. Llegó a la avenida y apareció por el asfalto blanco un taxi sin usuarios. Era un auto moderno, sus faroles ahuyentaron las confusiones en la zona de Los Muelles, esas que se metían en las esquinas y callejas oscuras, en las muelas de los espigones, en la bahía noche y en los andenes en ruinas donde desembarcaron trenes marinos en tiempos pasados, con más de diez vagones a flote. El taxista tocaba el claxon para espantar a los gatos cimarrones. Romeo le pidió al chofer que lo adelantara un par de cuadras y éste se compadeció. Romeo subió al auto, el taxista le cobró carrera y propina al llegar al lugar convenido. Estoy llegando ante la presencia de Hada Julieta, se decía Romeo a sí mismo, en tanto se apuraba por cumplir con el minutero. La hora precisa estaba cerca y quería Romeo aparentar que disponía de la inglesa costumbre de la puntualidad. En cada paso le palpitó un poco más el corazón. Hasta que por fin llegó al punto indicado. Era la hora justa de la cita.

Apenas llegó a ese escenario de misterio de Los Muelles, ese sitio que tantas tormentas había tomado y despedido, ese sitio testigo de tantos encuentros y desencuentros de amantes, este sitio neblinoso como Buenos Aires, apenas puso los mocasines a unas yardas del mar, apareció una luz que no esperaba ver; una luz sin forma precisa, sin ojo ni nariz, apareció el jueves pasado, otro jueves sin luna. No todo el mundo tiene el don de ver las hojas fosforescentes de la susodicha luz, sin embargo, él pudo y la vio desde el primer momento, cuando era todavía del tamaño de un fríjol en las alturas, aunque ya encandilaba. Y claro, no suponía aún que esa luz tuviera algo que ver con Hada Julieta, no lo pensó hasta que se hizo grande la luminaria y la vio descender de ella como una Virgen que viene en la noche de compras a la ciudad.

La rápida conexión en Internet y el arroz amarillo

Erineo leyó en un artículo publicado en Internet, (Erineo se conectaba a internet a través de un espejo mágico):

> En 1526 trajo la cigüeña a un bebé en su pico curvilíneo y el ave lo soltó por una chimenea. El bebé rodó como un muñeco de goma por el conducto y lloró a todo pulmón cuando llegó al piso; fue encontrado, a causa de tanto llanto, por la familia Pierluigi del pueblo Ciampino. Le nombraron desde esa noche, Giovanni Pierluigi da Palestrina. Seis años más tarde, trajo un buitre a otro bebé para la familia Lasso en la región

71

de Valonia. A este otro fantoche lo llamaron Orlando. El maldito buitre lo dejó en una perrera y lloraba entre los ladridos de los sabuesos.

Lo curioso de estos dos hechos aislados es que ambos niños fueron traídos desde la misma estrella, la más lejana del norte, por lo tanto, consideramos que eran almas gemelas. Crecieron con grandes talentos, tuvieron las mismas inclinaciones, igual coeficiente de inteligencia, temperamento, fantasía y fe. Eran chicos brillantes y dicen las falsas historias folclóricas que ambos se comunicaban por telepatía. Estudiaron coincidentemente la misma profesión, por mera casualidad quiso cada cual por su cuenta dedicarse por entero a la música y esos sueños que empezaron desde que eran pequeños, los acompañaron la vida entera.

Combinaban sonidos en la mente hasta convertirlos en arte en la ejecución de cualquier instrumento. Quiero ser compositor, dijo uno primero y el otro después. De Orlando di Lasso dicen los historiadores que era tímido y a Giovanni lo tenían por igual (mentira), uno corpulento y otro flaco, uno alto y otro miniatura, uno risueño y el segundo aguafiestas, pero ambos inspirados por una luz divina.

Por aquellos días se bailaba en la moda de Italia, la pavana y la gallarda. A ellos les encantaba bailar. En una casa de fiestas se encontraron los dos compositores, mera coincidencia, salón principal, gala de disfraces. Los juglares recitaban, los histriones caminaban por los cordeles en el aire, los criados traían las bandejas de frutas sudamericanas, los magos se tragaban el fuego convexo, los flautistas encantaban serpientes. Era día de fiesta de San Ambrosio Cornejo.

Giovannito venía vestido con una ropa cuya

costura y diseño llamaban *alarde*, y luego le dio por fijarse en la misma muchacha, vaya mala suerte, fatal y otra mera coincidencia, la misma que se había fijado minutos antes Orlandito cara de buey. La muchacha era fea como la sabandija que el rey Arturo tuvo por mascota, dotada de una nariz que semejaba un panal de abejas. Había trescientas muchachas allí, adorables todas, con la belleza incrementándose en sus mejillas, elegantes más que las gallinas, con vocecitas de niñas malcriadas, peinados de roscas y embellecidas con maquillaje de margarina. Pero ocurrió la calamidad: el capricho de los dos pretendientes fue por una misma mujer. Orlandito venía vestido como un cosaco cuyo sueño ha sido vivir en el Kilimanjaro, y cuya pespunte y recorte de ropa llamaban *presunción*, y le dio por leerle a la chica unos versos, vaya mala suerte fatal y enésima coincidencia, los mismos que iba a recitar y conocía de memoria Giovannito el Bovino; versos del mismísimo Petrarca.

Ahora parecía que el mal entendido iba a terminar en tragedia, pendencia de puños, jalones de pelos, muecas, magulladuras, pues cada uno decía haber escrito esas estrofas, cada uno se adjudicaba la autoría; mentira. Pero, por suerte, no sucedió nada terrible, sino que ocurrió un evento extraño. En este momento se escuchó una carcajada, no era una carcajada espontánea, aclaro, sino aquella fabricada por las técnicas del teatro ambulante. En cuestión, aconteció algo inesperado. Vino una joven actriz a interrumpir la discusión que sostenían los hijos de la estrella norte. Dijo entonces la joven que era maga y la acompañaba un auxiliar, un tipo alto como una farola, de pelo crespo. ¡Hemos venido para calmar los nervios, para evitar las pendencias, para hacer reír a la gente!, exclamó la maga, su voz revoloteó por todo el salón. En cuarenta segundos prepararon un acto de magia con retablo y todo, entonces concibieron un trucaje de extrañas luces, humo escarlata y verde, y en un trance de ilusionismo, una explosión con pólvora mojada, un susto al público concurrente, luego brotó una risa social de que *aquí no pasa nada, esto es diversión discotequera a la moda renacentista.* Y cuando todos salieron de la conmoción notaron que Orlandito y Giovanni habían quedado semidesnudos en medio del salón. Al percatarse ambos, que estaban casi en pelotas quisieron meter la cara en una fuente de sopa y desparecer del mundo visible. La cortejada arrancó a reír y detuvo la risa la semana siguiente.

Las trescientas chicas se sonrojaron, se taparon el rostro con el abanico. Entonces los mayordomos vinieron hasta el punto supremo de la escena, muy amablemente les pidieron a los compositores que abandonaran el salón, sobre todo por ser de cortas extremidades. La maga no volvió aparecer por estos santos lugares, su subordinado tampoco, se evaporaron llevándose consigo a *presunción* y a *alarde.* Es la vergüenza más grande que he pasado en mi vida, dijo Orlandito, y el otro, mejor quedó mudo como un mineral, pero se fue pensando lo mismo.

A la salida del baile el auxiliar de la maga les devolvió las ropas. Ellos se vistieron de inmediato y hasta confundieron las pertenencias. Los dos músicos comprobaron luego que les faltaban los botones a *presunción* y a *alarde.* Se los cortaron. Eran botones de oro trabajados por orfebres. Malditos estafadores. El auxiliar desapareció por un sortilegio de luz a través de las ranuras en la pared.

Una vez terminada la lectura, Erineo, trató de establecer una relación entre lo leído y el caso policial que creía poder solucionar gracias a la intuición. Tan ensimismado estaba en la pantalla de su espejo mágico, un espejo mitad Macintosh mitad IBM, que olvidó que tenía puesta sobre fuego bravo la olla de arroz amarillo. El olor a quemado lo hizo regresar a la realidad. Dio un salto y se fue corriendo a la cocina. Cuando abrió la olla, encontró que este gran arroz occidental se había convertido en puro carbón y definitivamente había perdido el color del oro que le otorgaba un curry mejicano de reciente salida en el mercado. Erineo se tuvo que ir a comer a la calle, pero a estas santas horas y con tan poco dinero, apenas consiguió comprarse dos torticas que tenían la forma de dos medallas.

Mientras yo me hacía el dormido ellas seguían conversando

Ay, Frida, yo no sé qué tiene Stefano Xavier en el cerebro, le dijo Genoveva a su amiga del alma y agregó: Ahora le ha dado por decir que ve muertos y que con ellos conversa. Sería una gran noticia, el mejor anuncio si mi hijo tuviese vocación de *babalawo*, pero no es el caso. Simplemente tiene problemas. Grandes problemas. Retraso mental.

Ay, Genoveva Carmita, te compadezco. Los hijos como siempre, dando dolores de cabeza, expresó Frida sin levantar la mirada de la revista anglo-brasileira que le regaló la mamma. Cuando ella lee le presta poca atención a lo que escucha. Frida revisó sus pensamientos metiéndose el dedo índice en la nariz, disfrutó largo rato y se saco uno, un pensamiento hermoso, lo pegó entonces en el brazo de la butaca. Mi mamma continuó con su cantaleta mientras yo seguía haciéndome el dormido: Esto es algo muy duro para mí. De pronto Stefano ha perdido el sentido común, se pone hablar barbaridades con toda la naturalidad del mundo, si lo contradices se emperra y te discute a muerte como si estuviese diciendo cosas lógicas. Qué malo he hecho yo al mundo para merecer este castigo. Y para colmo ha venido un policía a darme la noticia de la desaparición de Romeo Ecuador, mi hermano favorito. ¿Por qué Fini no me dijo nada después de una semana?

No te angusties, dijo Frida: Cada problema, según la ciencia política, tiene varias soluciones. Ya verás como todas esas tonterías de Stefano irán desapareciendo con un buen tratamiento a base de tabletas, terapia mental y entrevistas permanentes con su especialista. Frida no levantaba los ojos de su lectura y luego de una pausa, añadió: Y por tu hermano no te preocupes, que todos sospechamos en el barrio que ese zángano se ha ido detrás de una extranjera. Romeo Ecuador es loco, a saber en qué pasos anda.

No estoy convencida, amiga del alma, de que las cosas salgan tan bien en el futuro. El asunto de Stefano se sigue embrollando, pues en lo que te he contado que aquí no termina la historia. Las fantasías de este malcriado se pudieran sobrellevar y hasta convivir felizmente con ellas. Llega el momento en que te acostumbras a escuchar disparates, a fin de cuentas disparates es lo que más tenemos a diario para alimentar los tímpanos, pero la realidad la cosa es más compleja. El doctor Alonso Sepúlveda descubrió en el último *test*, que Stefano está perdiendo memoria de modo acelerado. ¿Cómo así?, y Frida abandonó ahora el artículo porque encontró un renglón liviano acerca de la moda, para colmo con una errata, entonces tiró la revista a un lado, ni entendía su inglés ni su portugués, al final le sonaban como ruso. Como lo oyes, se le están borrando de la memoria las caras de las gentes, las caras familiares, los momentos valiosos, los lugares importantes donde hacemos vida cotidiana, los afectos que ponemos en práctica, los sabores preferidos, la música de aceptación juvenil, todo lo está olvidando de manera alarmante. Eso resulta para mí un motivo de preocupación muy serio. Ahora por último ha caído en un sueño que ya se extiende por siete días.

Me asustas, Genoveva Carmita Alighieri, me asustas, dijo nuestra amada vecina. La mamma lloraba. Sus gitanos ojos, descritos en la Ilíada, se desteñían con tanto llanto: Quiero que me trague la tierra. Y Frida preguntó: ¿Qué dice el padre de Stefano de toda esta situación? Valentino ni pincha ni corta, opinó la mamma: Una borrachera la empata con la otra. Hace seis meses que no lo encuentro sobrio para tratar el tema. No pierdas la fe, expone Frida: La fe es lo que te hace madre.

Me he puesto atar los cordeles sueltos, cabos eléctricos, y desde que hablé con el doctor le encontré el cortocircuito a esta historia. Me he pasado la noche en vela pensando y pensando. El niño primero dice ver fantasmas, luego lo he sorprendido riéndose solo más de cien veces, no le di mucha importancia a la cuestión, me dije: *Seguro de sus maldades se acuerda*, pero a continuación lo encontré hablando con el río, cantándole al espejo, me tomé la atribución de leer los versos que escribe en una libreta, no hay quien los entienda y como colofón, es verdad que todo se le olvida. Se niega a bañarse muy frecuentemente, está sucio y huele a chivo, se niega a lavarse los dientes, para colmo, como te dije, lo peor es que no tiene memoria para las cosas, todo lo olvida y duerme mucho. ¿Todo lo olvida?, ¿hasta dónde llega el alcance y significado de la palabra todo?

Imagina, Frida mía, que ayer le pregunté: ¿Por qué no has saludado a tu amigo Oliver? ¿A quién?, y puso Stefano Xavier tal cara de desinterés que me dio pie para descubrir que era una de las primeras personas que su mente había borrado para siempre, nada más y nada menos que su amiguísimo Oliver. Según el doctor Sepúlveda este mal es progresivo y llegará el día en que Stefano no recuerde quien soy.

Frida se lleva una mano a la boca. Entonces se levanta, va a la cocina y le prepara un té a la mamma que no para de llorar. El té negro que se mezcla con tilo y manzanilla suele calmar los nervios. Ella sabe que hay muchas cosas que en la vida no tienen remedio. Aunque Frida lea todo tipo de revistas publicadas por la frivolidad cultural, escuche música de baja virtud, se haya teñido con un color de poca clase y aun cuando vea novelas de la mínima calidad, no obstante a eso, es una persona culta. Llegó a terminar, a duras penas, una licenciatura en la facultad de Artes y Letras, por eso cuando mi madre le pregunta: ¿Qué tú me aconsejas que haga? Estoy desesperada; entonces Frida le da vueltas y vueltas a la cuestión, para al final salirse con una de las suyas: Mira Genoveva Carmita Alighieri, no vayas hacer como hicieron nuestros reyes antiguos.

Frida iba a decir mucho más, pero en ese momento se escuchó cómo el cristal de la ventana había sido roto por una pedrada. La mamma salió como flecha a la calle y dijo veinte mil barbaridades. Sus ojos son llamas. El problema es que vienen los chiquillos a lanzar piedras a la casa de los locos, que por coincidencia es también la casa de los muchos, la casa más pequeña de la cuadra, la casa de madera, aunque la única que no filtra el techo cuando llueve. Las personas adultas que se detienen ante el escándalo de la mamma le dan la razón: Estamos perdidos con estos niños de hoy en día, dice un viejo flaco de grandes bigotes que lleva un barril de agua potable en el hombro. Se ha perdido el respeto, otro hombre le siguió la rima y creía recordar tiempos pasados. Este segundo individuo ayudó a bajar el barril que el primero llevaba a cuesta y le dieron mi madre un vaso de agua para que se callara la boca. Mamma tiene una rosa sangrándole el ojo. Todo ocurrió muy rápido, apuntó un tercer transeúnte: Pero si me preguntaran: ¿quién tiró la piedra?, diría que el hijo predilecto de Avelino, el menor de ellos.

En ese momento el cielo se puso negro y empezaron a caer gotas. Mi madre regresó a la casa como quien no puede con su alma, y por decir algo, le preguntó a Frida: ¿Qué dices tú que hicieron nuestros reyes antiguos?, a estas alturas, muy poco le importaba aquello que tuviera que decir la vecina. Se sentó en una butaca y siguió llorando. Yo me preguntaba en silencio, todavía seguía haciéndome el dormido: ¿Por qué a esta casa le han apodado la casa de los locos, si entre los muchos, el único loco soy yo, el que le teme a los fantasmas y olvida las caras de las gentes? La primera cara que borré de la memoria fue la de mi amiguísimo Oliver, el hijo predilecto de Avelino, el menor de ellos, y tengo en proyecto olvidar otras tantas caras más. Otra pregunta: ¿Dónde se habrá metido ese loco de Romeo Ecuador? Pensando en esto, y pensando, me quedé dormido otra vez, esta vez de verdad, y volví a soñar con Vivianne del Campo.

Maldito perro, color mostaza y manchas camuflaje

Cuando Antonito y yo vimos descender aquella luz del cielo, grande se hizo por minutos, extraordinaria, nos quedamos con las bocas abiertas; entonces una mano se posó en mi hombro, una mano pesada, velluda, con tres sortijas. Me dio por pensar que era la mano de un vampiro negro, pues era negra su forma de araña, sus dedos parecían tener una dureza que solo se adquiere en el trabajo del campo, en la siembra y con el machete que corta la hierba o al cañaveral. Antonito y Cecilio Báez se asustaron, el recién llegado vino sigiloso, se puso detrás de nosotros como si fuese el hombre invisible, su traje azabache lo camuflaba en la oscuridad, su otra mano se extendió hasta el hombro de Cecilio, quien estaba en el extremo opuesto, y le dio pánico a Cecilio, los dedos repentinos estaban fríos por el invierno. Cuando el hombre sonrió, lo reconocimos por la dentadura. No era otro sino Leoncio Erineo Taco, policía raso, vestido esta vez de cuello y corbata roja con manchas de cloro; tan elegante vino porque es, además de agente, un maestro masón, venía en este momento de la logia *Disciplina*.

Leoncio Erineo Taco se llevó el índice a la comisura de los labios, una señal para que nosotros hiciéramos silencio absoluto y no fuéramos, por el gran susto, a soltar el grito en coro de tres cobardes, y se espantara entonces, como consecuencia, la luz maravillosa. Hace mucho que vengo siguiendo la pista que dejó Romeo Ecuador. Tengo que develar el enigma de su desaparición por órdenes de mi jefe, dijo Erineo y añadió: La curiosidad me dio picazón en el cuerpo y me puse a investigar; me enteré de las flores que compró el día de su evaporación; me enteré que las compró para una extranjera llamada Hada Julieta, me enteré de que tomó Romeo por una calle tenebrosa con olor a panes recién horneados y a empanaditas de dos pesos. Romeo compró media barra de pan, membrillo de tamarindo aleación con zanahoria, empezó a comer trogloditamente, a consecuencia de que estaba ansioso y la ansiedad suele despertar el hambre dormida. Veinte pasos después encontró una taberna que ofertaba refresco de mandarina, la mandarina tenía sabor a perfume, mas se tomó, por su elegante gusto, toda una jarra. El tabernero, el gastronómico y el panadero, le aconsejaron que se guardara las prendas del cuello; uno de ellos dijo textualmente: Es un peligro andar con tantas joyas locas, es mejor cuidarse de los atracadores que caminan por las paredes como *Spi-*

derman, te pueden dar un palo por la cabeza como regalo de fin de año. Romeo no hizo el menor caso a ninguno de los tres. Y he venido indagando durante varios días con el panadero; le apliqué un cuestionario al gastronómico y cité a interrogatorio al tabernero en la Unidad. Pasó por mi departamento policial, el tal Agustino Reloj, y contó una historia que aún no puedo revelar.Todos me dijeron lo que yo imaginaba, que Romeo se dirigió a Los Muelles, porque de seguro tenía previsto un encuentro con una piruja. Sin embargo, con el paso de los días, me hablaron del prodigioso milagro de la luz de los jueves, una iluminación que solo veían algunas personas, y según las más malas lenguas del barrio, se había tragado a Romeo. Qué estupidez, pensar que una luz se traga a un hombre es ir en contra de la dialéctica materialista, es ir en contra del pensamiento científico, eso no es posible de ninguna manera, dijo José Marlon Blando cuando le conté la historia. Mas yo pensé otra cosa, pues un buen policía, aunque sea raso, debe investigarlo todo hasta dar con la verdad, y si no es policía, también. Por eso estoy aquí. Y voy a desembucharles algo: Me comí un par de *torticas* antes de venir, aunque ellas no tienen nada que ver con la historia, confieso que me han caído como dos piedras en el estómago, eso impide el resultado óptimo de mi observación; no sé si estoy viendo la luz prodigiosa o es un espejismo. Me duele la barriga y miren como sudo gotas frías.

La está viendo, señor, está viendo la luz, aseguró Antonito, quien asimismo se sentía investigador por cuenta propia; se sentía el detective Antón Inteligencia, pues él había llegado primero que la policía estatal al meollo de esta complicación, él tenía el caso del expediente Romeo y Julieta casi resuelto. ¡Albricias, enhorabuena, eureka, urra, macanudo!, seguro se dijo Antonito para sí mismo, pero se cosió la boca, no dijo media palabra. Usted está en el lugar correctísimo, amigo Erineo, esa luz es real y no una alucinación, aparece todos los jueves, si se tragó o no a Romeo lo podremos averiguar ahora mismo, dije yo.

A ese energúmeno de Romeo hay que encontrarlo, vivo o muerto; soltero, casado o fugado de su novia; pero encontrarlo ya, le ordenó José Marlon a Erineo y agregó: *Llévate pico y pala, pico y pala, pico y pala, compañero*, por si hay que resucitarlo desde el fondo de una letrina, o rescatarlo de una tumba ilegal en harina de hormigón; llévate al perro Gonzo, te servirá como rastreador, un perro de raza, sabueso camuflaje, con hocico y cola Baskerville. No vuelvas aquí con las manos secas, si no aparece el tal Romeo, tú lo inventas con almidón, Erineo, tú lo inventas como Jehová inventó a Adán, según confirma Carlos Marx en su última obra económica: *...el primer pecado del mundo es el consumo y el sobreprecio, dijo el filósofo: cuando Adán pagó el doble por una manzana, manzana que ya tenía sello de marca registrada, desde entonces se perdió la tranquilidad ciudadana, desde que el primer homínido moderno fue estafado públicamente.* Y el jefe José Marlon dio un puñetazo sobre la mesa y a Erineo se le aflojó la dentadura postiza. Todo lo narradoocurrió días atrás.

Y ahora..., apareció la luz misteriosa encima de Los Muelles, sentimos un ruido como si viniera de una máquina hecha de plata y acero-níquel. El perro Gonzo, que se había quedado en la retaguardia, cumpliendo órdenes estrictas del policía raso, pero de pronto, comenzó a ladrarle al cielo como hacen los perros locos que le ladran a cualquier a la luna. ¡Cállate perro!, hubiese querido gritarle su dueño, pero sería peor; al final, el pastor belga de sangre impura no lo iba a obedecer, no era obediente cuando se ponía frenético. Y los ladridos crecían a tal punto que molestaba a todos los que estaban a cien yardas a la redonda, hasta aquella luz misma se molestó en el preciso instante que Gonzo se puso a ladrar bajo ella, y la irradiación malhumorada de súbito se lo tragó. Lo inhaló hacia las alturas como lo haría una aspiradora corpulenta, una aspiradora LG mayor que un platillo espacial de tres ojos centrales y un cisne de logotipo de su empresa cósmica. Los testigos del hecho se quedaron estupefactos. La luz misteriosa del jueves se tragó al perro Gonzo. Quién sabe si ocurrió lo mismo con Romeo Ecuador mientras le ladraba a la luna.

La quinta mansión de Odudumá Zen

De verdad, tú no puedes estar bien de la cabeza, Stefano mío, vida mía, cariño de la Virgencita, mi querer del barrio, me dijo Vivianne cuando la vi otra vez en la neblina del sueño de hoy: Tu mamma tiene que estar más que preocupada. Esos ojos tuyos de miel son ojos de loco. ¡Ah, qué dices, Vivianne?; ¿qué loco ni qué pescuezo?, la locura para mí es simplemente un *hobby*, tan pasajera como la gripe. ¿Cómo no logras entender lo que significa estar cerca de un chico lunático? Los héroes de producción televisiva copian a individuos como yo. Súper-Stefano el loco, simplemente un soy un poeta y hasta tú eres parte de mi locura.

¿Lunático…, locura pasajera y gripal…, *hobby*.., poesía?, no me hagas reír. Tú eres un disparate. ¿Yo soy parte de tu locura? Sí. Claro que sí; te veo, te escucho, converso contigo y eres solo un espejismo en un sueño experimental, cuando despierte seguiré hablando contigo como si tú fueses real. Estás perdido, Stefano, perdido en este mundo perdido. ¿Por qué dices eso?, pregunto y ella responde sin titubear: Cuando despiertes puedes ir a buscarme a mi casa, vivo en Calle Paula #B22, tercer piso, departamento WWW.Chiquillón, un departamento que en el siglo XIX perteneciera al marqués de Viquillón, toca en mi puerta y allí te estaré esperando, en carne y hueso; real, así como te gustaría verme.

Confieso que eres bella, eres tan bella como la chica que quise besar hace un rato y me abandonó en las tinieblas de la noche, le dije a Vivianne: Incluso, es muy posible que seas más hermosa, sé apreciar la belleza en su justo valor, por eso tocaré en tu puerta, aunque esté lleno de fobias. A veces le temo a las chicas.

Pero ahora mismo, no eres capaz de apreciar lo bello que tienes ante tus ojos, dijo ella: Donde hay belleza, tú ves un humo que sale de la mierda. Sin demora le respondo a Vivianne: Yo veo al mundo tal y como es. Entonces, muñeco mío, ¿cómo es posible que consigas ver ahora a este lugar como una pocilga? ¿Y no lo es?, pregunto: ¿Acaso no es este caserón una ruina llena de basuras? Claro que no, mi chino; este caserón fue mandado a construir por Odudumá Zen, y fue esta su quinta mansión de lujo en las Américas. Cuando el planeta Urano entra en la casa de Sagitario en el calendario del zodiaco, justo aquí se dan los mejores guateques de la ciudad. Incluyen estas fiestas el toque de sintetizadores, música de baile y mucha comida. Eso ocurrirá justo en esta noche de jueves sin luna. Jajajá-jajajá-jajajá, dije yo tratando de vocalizar y deletrear mi propia risa y agregué: ¿Acaso es un chiste? Odudumá Zen es puro cuento de camino, un personaje de fábulas bufas.

En este caso es cierto lo que dices, continuó ella: Odudumá no es el ser aterrador que se refiere en La Odisea, por el contrario, hasta gracioso puede resultar en alguna que otra anécdota, sin embargo, no lo cuquees. Que en paz se quede. Déjalo tranquilo. Hay historias terribles que por mal contadas parecen cuentos de viejas mentirosas, pero esas mismas historias pueden hacer, ¡Buummm!, un estallido atómico-nuclear que de pronto consigue cambiar en un segundo la realidad que ven nuestros ojos antes que baje el telón, y todo este discurso lo dijo Vivianne

Giulietta con una sonrisa mal pintada en los labios, entonces, con su varita mágica tocó a la noche por su parte más incomprensible y en este justo momento sentí ruidos extraños por toda esta casa en ruinas, ruidos que podían venir de cualquiera de las habitaciones. Pude oír con cada una de las chapas y con los caracoles de mis orejas, «puestas ahora en atención militar», la caída al piso de una olla llena de monedas, unos pasos piratas en botines Adidas con tres cascabeles colgados, una risa de cerdo o algo similar, una conversación entre muertos, un portazo, un pedo, un chorro de agua caía en un barril y se convertía en un vino que parecía sangre —tengo como serio problema la hematofobia, lo que se explica: miedo al contacto directo con la sangre—, «me tiraron un corcho por el ojo». Sentí un escalofrío desde los huesos hasta la piel. Alguien me tocó por la espalda. Lo juro, lo sentí en el hombro. Me volteé al instante, pero no, no había nadie. Vivianne Giulietta empezó a reír, hacía con la risa una representación teatral de la demencia. Ya no era la misma Vivianne que hasta ahora hablaba conmigo. Mucho había cambiado en su expresión: Soy del *ghetto* del peligro, soy un trastorno social. Y ella se alborotaba el pelo con las manos.

Alguien ha osado darme una nalgada, nuevamente me volteé y no encontré a nadie. Volví a levantar en mis manos la pata de cabra. Me puse en máxima alerta, entonces se hizo un silencio súbito. Con esta pata de cabra parezco la última bestia de la civilización. Hasta la misma Vivianne paró en seco su risa fabricada por una máquina de miedo, una máquina similar a un aparato industrial de frozen. Allí se quedó ella, paralizada, mirándome con sus ojos de maniquí en reposo, estaba como en una fotografía en su silla de ébano y guata. Con esta pata de cabra estaba dispuesto a improvisar en el aire un acto de violencia extrema: Le voy a rajar la vida al que se me cruce en el camino. ¡Ahora si estoy loco. No creo en nadie!

Pero todo el universo estaba en Pausa, el tiempo vivo quedó en *Stop*, y en ese momento supuse que todas las voces se habían ido al diablo, asimismo aquellos extraños pasos que había escuchado hacía un rato, el chapoteo sobre monedas de agua, la risa del cerdo que estaban cocinando en parrilla, aquel cerdo que todavía respondía por el nombre de Federico Fellini, todo estaba en stop. Se hizo un silencio absoluto. Los muertos dejaron de conversar en voz baja y las luces quedaron congeladas como en una ilustración de magazín. Y, cuando ya todo parecía que volvería de regreso a la normalidad, por alguna de estas otras sombras —a decir verdad, tengo diagnosticada la esquiofobia, lo que quiere decir miedo a las sombras de la noche—, alguien dejó caer gratuitamente una copa de bacará. Mis tímpanos no me engañan, sé reconocer el dolor del vidrio cuando se rompe. Este último sonido se convirtió en la primera señal para que estallara la fiesta de los muertos. EMPEZÓ LA VELADA, tremendo guateque campesino y urbano.

Alguien ha osado por segunda vez en darme una nalgada. Le menté la flor de la madre a quien lo hizo. Vivianne volvió a reí con más fuerza que antes. Los muertos empezaron a cantar allá afuera, estaban borrachos, era un canto vikingo de mal rayo nos parta. Me han tirado otro corcho en el ojo. Alguien me ha robado la gorra en donde vomité un gallo. Yo quisiera saber quién se apoderó de la pata de cabra que traía en las manos. Intenté de abrir la puerta por la que había entrado un rato antes; pero el picaporte se encasquillaba por su gusto. Por más que lo movía, vapuleaba a la izquierda o a la derecha, sus mecanismos estaban prendidos unos con otros sin el más mínimo interés por desatascarse. «Hay que engrasar a este cerrojo», me dije y no venía al caso esta reflexión. Para colmo una cucaracha —padezco también de entomofobia, lo que significa demasiado miedo a los insectos. Es esta la más extendida de todas las fobias en todas las culturas— me saltó encima y me puso a dar brincos. ¡Maldito bicho! Lo aplasté con el zapato. Pero no era una cucaracha, sino la hoja de un árbol canadiense, la hoja la trajo el viento polar que hasta aquí llega. Vivianne Giulietta no paraba de reír «a saberse, poseída por cuál de los demonios», de pronto le crecieron doce bigotes de gato, uñas de gato, rayas de gato y un cola que terminaba en cabeza ratón —y para colmo tengo diagnosticada la felinofobia, que se relaciona con el miedo salvaje a los gatos—. Una mujer apareció de pronto por el techo, caminaba cabeza al piso, su pelo largo apuntaba hacia nosotros, caía como el ficus de un árbol antiguo en la selva. Quise gritar de puro pánico, mas no, no me salía el grito por el tubo digestivo. Lo estaba viviendo todo como cuando de una pesadilla se salta a otra. ¡Maldita sea! Quiero salir de aquí.

Una lechuza se asomó por la ventana, jamás había visto una tan de cerca a las dos de la madrugada. Acaso vino a burlarse de mis miedos, a recordarme que soy un cobarde. «Este pájaro de mal agüero no se compadece de mí», me dije. A través de un cristal sucio de la ventana vi su cara circular rectificada por una escuadra, y así me habló: Me llaman Gonzo, tengo corazón de perro policía, si me pones el termómetro comprenderás que tengo fiebre amarilla. Soy tan íntima que puedes conversar conmigo lo que quieras. Lo que me digas no se lo contaré a nadie; al menos, no a nadie conocido. Si te empalago, vomítame en forma de pez en una jarra.

Me he vuelto loco, sin dudas, ¡ahora si estoy loco!, soy parte de la locura que trajo la noche. Afuera apretó la lluvia, me pregunto si esta lluvia es imaginaria como todo lo demás que me he inventado. Entonces cerré mis ojos, tapé mis oídos, respiré profundo y me dije: «Esto no puede estar pasando, esto no puede ser real de ninguna forma».

¿A qué viene tanto miedo?, preguntó Vivianne Giulietta mirándome con sus ojos vacíos. No me atreví a hablar, después de haber experimentado todos los sucesos anteriores. Yo estaba frente a la muy bella Vivianne Giulietta, frente a ese fenómeno que dejó de ser un resultado humano, dejó de ser una belleza anatómica para transformarse en un gato. ¿Estás enferma?, pregunté: ¿Cómo se puede cambiar tanto en tan poco tiempo, cómo lograste convertirte en un animal mitad humano? No seas tonto, muñeco mío, no dejes que tus ojos exageren las cosas que ven, dijo: Esto que está ocurriendo, aquí y ahora, es simplemente el cambio que hago a un nuevo *look*, un *look* para asistir, a las doce de la noche, al baile de máscaras. Será hoy noche de fiesta y disfraces, la noche de los muertos, noche de la moda, noche del bonche, nocturno de antifaces o como se te ocurra llamarle a este carnaval. Esa puerta que intentabas abrir, justamente se desplegará hacia el salón principal de la alegría. Comprenderás en un instante cómo una ruina se puede convertir en resplandor. ¡Pero, por favor, muñeco, trata a ese picaporte con cariño! Conseguirás más de él por las buenas, por las buenas se abrirá al medio y podremos salir. Cambia esa cara de niño acatarrado, relájate, estamos aquí solo para divertirnos un rato en la fiesta de los muertos.

Todo maestro puede ser un aprendiz

Otro estudio publicado en las redes sociales y nombrado a la autoría de un sabelotodo

En este minuto se acaba de publicar «en un *blog* de la *web*» una dudosa información. Los lectores de Internet pueden mantener un abierto intercambio con los autores, desmentirlos si quieren, burlarse de ellos, ofenderlos respetuosamente como consiguen hacer los diplomáticos e intelectuales entre sí. El sitio, «*blog* para usuarios en cortocircuito de neuronas», está enlazado a la página de tu preferencia y se ha diseñado con *trackback*, para que al final puedas leer el texto siguiente, firmado por un tal Periquito Pérez:

> En Nuremberg, Alberto era un individuo popular, conocido por el apodo Mala Cara. Ciertos apodos, a veces, son el retrato del temperamento del portador. Alberto Mala Cara se exasperaba con facilidad y andaba así de antipático de un sitio a otro. Una vez, de por encontrarse furioso le salió de la boca una avispa, de la nariz un ciempiés, de la nuca una larva. Se le subió la mostaza y el apellido a la cabeza cuando descubrió que en su ropero faltaban, a todas las prendas de vestir, cada uno de sus botones de yeso, madreperlas, oro, y, hasta sus broches extraños manufacturados en el Bósforo Chino, traídos a la Europa por Marco Polo. Alguien había entrado en la casa y sigilosamente había hecho tan ridícula sustracción. Su criada dijo: No

se angustie señor, cosas semejantes he oído que pasan; a Nicolás le ocurrió lo mismo. ¿Quién es Nicolás?, indagó Alberto Mala Cara. La criada soltó una risa ante tal ignorancia. Un loco, dijo la criada y agregó: Anda diciendo cosas ridículas, disparates del sol y de la luna, la tierra y los astros; ese loco dice que la tierra se mueve, que no es plana, que no ha nacido en el centro matemático de todo cuanto exista. ¡Ah!, el polaco, recordó Alberto Durero. A ése le han despojado de sus botones cada vez que asiste al estudio dominical en su iglesia, dijo ella y añadió: Seguro lo usan para brujerías, para echarlos en ollas de magia negra, los botones de los hombres famosos son muy apreciados por los coleccionistas y por los herejes. Ese hombre no es famoso, dijo Alberto con hosquedad: Es un farsante. Entonces Mala Cara se fue a un rincón para copiarse a sí mismo con sus pinceles y colores sobre una superficie blanca. Logró hacer un gran autorretrato y hacer un autorretrato da mucha suerte y dinero en la vida a quién lo hace.

Y tenía razón la sirvienta en eso de la fama del polaco. Por aquella temporada Nicolás escribió su obra más notoria, un libro de astronomía. Por qué mejor no me escribes versos, le pidió una enamorada suya, una rusa bien proporcionada, de rostro angelical y con la vehemencia de un ser divino que vivió en el Edén. No soy poeta, dijo Nicolás; se fue abotonar la camisa y otra vez le faltaban los botones. La rusa los había cortado y se los cambió en la calle a una chica muy rara (una extranjera) por un kilogramo de azúcar; entonces a Nicolás se le escapó una gran obscenidad de la boca: ¡Carajo! La rusa enrojeció, simplemente quería endulzarle la vida al maestro (él no conocía hasta entonces el sabor del azúcar de la caña americana, por eso ella le hizo flan Karibe, receta de Maracaibo). Dices cosas tremendas, pero me gustan, si tú aseguras que la tierra camina alrededor del sol como un trompo, ha de ser verdad, dijo ella y lo besó en los labios. Porqué no te inspiras en mí y haces un libro, pidió ella. Entonces como era Nicolás un hombre que complacía a las mujeres, sabía las cosas que les gustaban a ellas, escribió también un libro sobre el dinero en 1517.

En ese mismo año Lutero empezaba la protesta contra la Iglesia Católica. Se hacía famoso de pronto, de manera que Nicolás viajó junto a su novia hasta Germania. Lo hizo en una carreta desde Lidzbark Warminski en Polonia y llegó a la mismísima puerta malva donde vivía Lutero. Fue una travesía larga y con una tormenta a mitad de camino.

Comparecieron los novios ante la presencia del religioso, y Nicolás, con impaciencia, dijo: Queremos que usted nos case ahora mismo; tenemos urgencia por enlazarnos en matrimonio, estamos enamorados. Lutero odiaba los libros de Nicolás, por ello se negó.

Dijo que él no casaba a vampiros, eso solo lo hacía el Papa por ser italiano, solo los pontífices, si son italianos, tienen esa licencia. Entonces Alberto Mala Cara, quien estaba allí por casualidad, testigo #1 de esta escena histórica, le comentó a su criada: Observa bien, ese Nicolás Copérnico no es famoso ni un bledo, es un farsante, simplemente un sujeto que carece de grandeza. Es avampirado en verdad. Su amada cambia los botones por azúcar porque no les alcanza ni para comer. Así quiere casarse, y con una rusa, a las rusas no les gustan los pobres.

No te digo, está loco. Ni Lutero, el apostólico,
quiso casarlos. Al diablo con la Tierra, el Sol y
los planetas. Qué más da si giran para un lado
o para el otro, eso no cambia la realidad de los
pobres; La vida sigue igual, así dice mi mujer en
voz de canto, cuando interpreta a todo pulmón y
desafina en una maldita balada mitad bizantina,
mitad española.

Si abandonas esas bisuterías podrás viajar conmigo

Apenas llegó a Los Muelles, (aquel jueves en que ocurrió
su desaparición, un jueves que tenía como dueño absoluto de cada una de sus horas a Cesar Vallejo), puso los
mocasines a unas pulgadas del mar y apareció en el firmamento una luz que no esperaba ver; sin forma precisa,
sin ojo de gobierno ni nariz de respiro, pero como la seda,
así de suave sobre la piel. No todo el mundo tiene el don
de verla, sin embargo Romeo pudo, y la vio cada vez más
creciente, sin una manchita, cuando no pensaba siquiera que esa claridad tuviese algo que ver con Hada Julieta.
No se convenció de que era una luz milagrosa hasta que
se hizo inmensa la luminaria y vio descender del resplandor a Hada. Nadie conocía a esa chica de pantalón harapo
mezclilla, muy costosos el diseño en boutique, blusas de
adorable pespuntes y un par de tenis con el escudo de un
sitio remoto. Nadie sabía el sitio de dónde había salido así
tan bella, sin embargo, Romeo imaginaba que venía de un
distrito extraño, más allá de las tierras imaginadas.

Romeo estuvo atónito. En principio sintió ganas de correr, por honor varonil no lo hizo. Se portó con el decoro de un hombrecito. Que bueno que estés a la hora acordada, dijo Hada. Él solo atinó a extenderle el ramo de flores. Nunca las había visto tan hermosa, indicó ella. Flores negras y por casualidad se soltó una del ramo y cayó al empedrado. Romeo parecía haber perdido el habla, no obstante, consiguió reponerse de todos los asombros para poder decir: Jamás había visto a nadie descender de los cielos, ¿eres real o imaginaria?, ¿de verdad te llamas Hada Julieta?

Hada sonreía, le resultaba graciosa la cara de consternación que tenía Romeo. Vengo de muy lejos, dijo ella, estoy aquí por accidente y por mi colección de botones. ¡Sí, no me mires de ese modo! Vengo de un sitio lejano, aunque no en distancia sino en el tiempo. Es una historia larga, perdería una semana completa para contártela a lujo y detalle. Deberías contarla en pocas palabras, pidió Romeo con un signo de interrogación en la frente y miles de signos viajando en sus venas entre glóbulos rojos.

Esa luz que viene de arriba, dijo Hada y levantó su dedo índice para señalar al cielo: Proviene de una máquina de alta tecnológica, inventada por una comunidad de ingenieros empresariales, en ella me monto, de vez en vez, cuando me aburre la música que escucho y los libros que leo, la gimnasia que practico y el juego de solitario en el que casi siempre pierdo, cuando me aburre la casa de la ciudad y la del campo, los crucigramas y los videojuegos, en fin, cuando estoy decepcionada de todo lo que usualmente entretiene. Con esta máquina logro divertirme de verdad, con ella viajo en el tiempo: vengo del futuro al presente, voy del futuro al pasado, en ocasiones viajo del futuro al gran futuro. Como comprenderás no hay nada más divertido que jugar con el tiempo. Mi padre compró esta máquina cuando recorrió Panamá, la compró en una tienda colosal y fue su regalo luego de haberme graduado en el conservatorio de piano con diploma de oro. Una máquina de viaje, ¿imaginas?, para viajar en el tiempo. Padre me consiente en todo como si yo fuese todavía una niña. Es una máquina *made in China*, dijo Padre, pero parece muy segura. Yo daba saltos de alegría, fui saltando por toda la casa. Al fin podría completar mi colección de botones y lo haría viajando de un año a otro, de un siglo a otro, aunque, te confieso, el modelo de este aparato tenía una pequeña restricción. Según el manual de uso, con ella solo se podría cruzar hacia el pasado hasta el año 476 y hacia el futuro hasta el 2889. Abarcaba muy pocos años, a mi criterio. Hubiese querido un último modelo, pero me conformé. Para buscar botones de oro de famosos bastaba con este cacharro. Qué importa que sea o no tan buena, me dije; entonces le di un beso a mi padre. Sin embargo, ocurrió algo que no tenía previsto, el aparato ha tenido una avería y resulta que ahora estoy perdida en el tiempo. Las mercancías que no son de marca pueden caer en conflicto. Marco la fecha y la hora del día al que quiero regresar junto a mi familia y no tengo resultado. Los jueves aparezco siempre aquí, una estancia que se prolonga hasta el viernes a las 9:00; el resto de los días puedo aparecer en cualquier sitio y a la hora más imprevista. Ya yo estoy desesperada con esta situación.

¿Una máquina del tiempo?, fabuloso, sensacional, macanudo increíble, se dijo a sí mismo Romeo, boquiabierto por segunda vez, con la cara de un estúpido que jamás ha visto una máquina de ese tipo. Sí, una máquina averiada, dijo Hada con pleno disgusto y con tibio consuelo agregó: Lo único bueno es que aún está en garantía, Padre tendrá que ir a Panamá a devolverla.

Quizás yo pueda ayudarte a corregir la rotura, sugirió Romeo Ecuador, ahora con expresión de cibernético. ¿Qué podía hacer Hada Julieta, tan desesperada, sino aceptar cualquier auxilio, viniese de donde viniese?

Romeo tenía aspecto de hombre intelectual capaz de encontrar soluciones a un problema complejo, y asimismo, de enamorado, semblante de barbilindo. A ella misma le resultaba atractivo, y él, había tenido el hermoso gesto de regalarle un ramo de flores. Esto último la conmovió y la puso picarona. Tal vez eres tú quien pueda auxiliarme. ¿Puedo subirme a la máquina? Sí, dijo ella, aunque es imposible hacerlo con tantas prendas encima, lo prohíbe el manual de uso.

Luego de pensarlo y repensarlo, luego de sentir retortijones en las tripas, dolor de cabeza y de garganta, Romeo se despojó de todas las joyas que llevaba en el cuello, la más querida plata eslabonada la tomó en la puntita de los dedos para dejarla caer; toda una ceremonia. La mirada de Hada Julieta fue tan divina, de tanta autoridad y suplicante al mismo tiempo, que terminó por convencerlo; como colofón indicó ella: Si abandonas todas esas bisuterías podrás viajar conmigo. La palabra viajar sonó como un cascabel y Romeo arrojó las prendas en la basura, entonces subió por la luz hacia el cielo para componer los dispositivos de la máquina averiada y así poder ausentarse del vecindario como siempre soñó, viajar, viajar, viajar hasta el quinto mundo. En la ascensión se le cayó primero un mocasín que vino a parar a una arista de Los Muelles, luego, el segundo cayó y el soplo del invierno lo hizo flotar como una pluma hasta el acantilado.

Hada Julieta le permitió revisar los mecanismos del aparato. ¿Entiendes algo?, preguntó ella esperanzada. Ni jota, dijo Romeo: Esto pertenece a una tecnología demasiado avanzada. Sin embargo, imprudente él, se atrevió a tocar uno de los filamentos que parecía roto. Acto seguido la máquina desapareció del firmamento en la mitad de un segundo y, con ella, la luz que proyectaba sobre Los Muelles.

Tres minutos después apareció Robin Hood del Callejón de La Tinajita. Venía buscando la fosforescencia y para

su suerte halló las dichosas prendas de Romeo, abandona-
das en la basura y le llamó la atención una flor que había en
el piso, llamaba la atención porque era de pétalos negros.

Piotr Ilich

Gonzo se puso a ladrar bajo el cono de la luz y la irradiación, la luz malhumorada con tanta bulla se tragó al perro.
Lo inhaló hacia las alturas como lo haría una aspiradora mayor que un platillo espacial. Los testigos del hecho
se quedaron estupefactos. Acto seguido, Leoncio Erineo
Taco se lanzó hacía el espigón y gritó: ¡Devuélvame a mi
perro! El policía avanzó sin una molécula de pánico en el
corazón hasta *un encuentro cercano;* se situó bajo la máquina en el mismo punto de la ascensión de Gonzo, bajo
su aureola, bajo el sonido de su motor, un traqueteo como
de helicóptero. Antonito, a última hora, palideció de puro
miedo. Sería bueno que Zandra Alí estuviese presente,
probablemente pensaba Cecilio, sería bueno que compro-
bara quién es el más cobarde del grupo.
    ¡Devuélvame a mi perro!, seguía gritando Erineo. A mí
se me ocurrió tirar unas fotos al fenómeno. Aproveché
la cámara digital de lente catalejo de Cecilio Báez, para
que quedase una prueba gráfica de todo lo observado en
el momento en que bajaba de la máquina Hada Julieta, no
obstante, cuando fueron vistas las fotos parecían hechas
en un cabaret y por tanto parecían que no formaban parte
de esta historia.

Devuélvame a mi perro, le dijo Erineo cuando tuvo a Hada frente a frente. Parecía ella una geisha bajo tantas luces. Y como yo me llamo Ronaldino el Bravo, salté de pronto hacia el lugar de los acontecimientos. Estuve también muy cerca de Hada Julieta. No me importaba si era peligroso, si había radioactividad en el sitio, más grande fue mi curiosidad. Cecilio Báez me siguió y vino Antonito en la retaguardia, muy poco convencido de estar haciendo lo correcto; cojeaba porque el miedo le hincaba en el calcañal. Devuélvame a mi perro, pidió Erineo más calmado. Temía que Gonzo desapareciera de este relato como mismo lo hizo Romeo, así sin dar mayores indicios de su paradero. Por cierto, ¿qué fue de Romeo?, le pregunto yo a Hada Julieta: ¿Usted lo tiene secuestrado?

Romeo está viajando muchísimo, como nunca soñó. Resulta que quiso aparentar que estaba graduado en cibernética y en realidad hizo una licenciatura en asuntos de Letras. No obstante, las personas inteligentes, si no dan soluciones totales a los problemas, al menos dan remedios aproximados o causan dificultades mayores. El caso es que su disposición por componer la avería de esta máquina de luz fue fallida, sin embargo, tocando una tecla por aquí y otras por allá, cambiando unos dispositivos y limpiando otros con la brocha, el funcionamiento del equipo mejoró un poco; no del todo, ahora sonaban diferentes los motores y encendía un bombillito rojo e intermitente.

La máquina se desplazó por algunas fechas que antes se negaba a admitir. Por ejemplo, Hada quería viajar al 1812 y la máquina le decía: Acceso denegado. Para ir de paseo a los años anteriores al 1453, el software de la máquina pedía una contraseña. Eso es inadmisible, se irritaba Hada Julieta y decía una sarta de disparates. El asunto es que ella quería viajar para completar la colección de botones. Ahora para su fortuna y la armonía de su tranquilidad, Romeo la ayudaba en esas faenas.

Romeo Ecuador y Hada Julieta viajaron hasta el invierno de 1868 y llegaron al Conservatorio de Moscú. El pianista y compositor Nicholas Rubinstein había nombrado a Piotr Ilich Chaikovski profesor de armonía del gran colegio ruso y a Hada se le antojó tener los botones de la camisa de Chaikovski en su colección. ¿Saben ustedes que esta colección pretende ser la serie de botones de hombres famosos más grande de todas las Américas? Ni siquiera superada por la del Museo de la capitanía de Pernambuco, ni por la colección privada de los descendientes de Ladislao Agua Bordada.

Había un frío de espanto. Romeo aterrizó con ropa de verano y Hada en tirantes espaguetis. Un cosaco en una esquina y una vieja en otra se compadecieron al verlos tan desamparados. Tuvieron suerte, les regalaron gabardinas, guantes zurcidos, gorros de lana primitiva, bufandas de caballos, todo viejo y pobre, pero tibio y honesto. Romeo se sacó la rifa con unos botines de mendigo que de limosna le proporcionó un pescador, y es que andaba sin zapatos desde que perdió los mocasines. Estamos buscando a un hombre barbudo a quien nombran Ilich Chaikovski, indagaba Romeo en todos los pasillos del conservatorio. Lo preguntaba en ruso y en francés, (Romeo es un intelectual que domina muchas lenguas). Nadie sabía cuál era el paradero del maestro. Unos suponían que había marchado a San Petersburgo, otros recordaban haberle escuchado que andaría hasta los Cárpatos y unos terceros se referían a un viaje a Bratislava en un coche de corceles que atravesaría la Gran Llanura Húngara. Indagaron por toda la ciudad, pero, siete horas después de arribar a Moscú, poca atención le prestaron los moscovitas.

Nadie les dirá nunca dónde encontrar al maestro, explicó una muchacha quien dejó de ser desconocida cuando dijo su nombre y declaró la sinopsis de su vida en pocos minutos. Me llaman Antonina Miliukova, dijo ella, soy alumna predilecta del maestro, no soy siberiana como refieren los que nada saben de mí. Nací en Transilvania, como ven tengo piel *avampirada*; y los pómulos, y la sonrisa, y la niña de mis ojos son de bestia, justamente todo lo que le agrada al maestro de mí. Soy hija de un rumano, un vampiro legítimo según un diagnóstico clínico de un doctor anglomejicano. Mi padre se enamoró de mi madre, una moscovita así de bella, (y diciendo esto sacó un daguerrotipo de una mujer rusa) y los dos vinieron a vivir a esta ciudad, cerca del Monasterio de Novodevichi. A mi padre se le olvidó el vampirismo cuando tuvo que conseguir empleo como artesano y sostuvo la obligación de dar de comer a seis hijos varones y a mí, que soy su única hembra.

¿Por qué nos cuenta ella estas cosas?, pensaba Hada Julieta y Romeo encontraba a la adolescente graciosísima. Les cuento todo esto para que vean de quién se puede enamorar Piotr Ilich Chaikovski, solo de una chica como yo, solo de una que pueda estar cerca de él, que sea conversadora, que tenga oído para la música y sea aventajada en el estudio del piano, capaz de interpretar primero que nadie todo lo que él compone. Por tanto, como imaginarán estoy muy cerca de él, incluso más de lo que la gente piensa. Yo he visto hoy al maestro, y créanme que de ninguna manera ha podido salir de viaje en las últimas semanas. Les aclaro, no se debe a la influenza que tuvo en los días anteriores, nada de eso. El maestro me ha enviado como mensajera, y yo, que lo complazco en todo, no me negué a contraer mis funciones. Soy ahora recadera: *Dile a esos dos que los estoy esperando en mi departamento*, me pidió encarecidamente que los buscara a ustedes dos por todo Moscú y les diera el mensaje. Yo he cumplido mi parte. Me parecía una encomienda descabellada cuando me la dijo, pues había que buscar a un payaso mulato y a una chica en ropas extrañas, según la descripción del maestro.

Sin embargo, no me fue difícil hallarlos. A penas llegué a la calle y ustedes mismos se acercaron a preguntar por el gran Ilich Chaikovski. Qué suerte la mía. Solo les diré que él, desde hace tiempo esperaba por la enigmática llegada de ustedes a esta ciudad.

Agustino Reloj coopera con la policía en ejercicio

Señor Erineo, me he enterado de su esmero y entusiasmo por resolver el asunto de la desaparición de Romeo Ecuador y vine de inmediato para hacer una pequeña contribución al curso de la investigación. Mi nombre es Agustino Reloj Agua Bordada, padre de la iglesia San Pancracio. Tengo como testimonio importante el hecho de que Romeo pasó por la sacristía con una muchacha de muy buena vocación y figura, pero a quien jamás había visto en ninguna misa, ni en la matutina ni en la vespertina, tampoco es ella de esta parroquia, estoy seguro de lo que digo, a todos los conozco. Lo cierto es que ambos estuvieron por San Pancracio de visita. El instinto no me falló, presentía que una tragedia iba a ocurrir, aunque no supuse nunca que sería la desaparición de Romeo. Nada me tiene más preocupado en estos momentos. Todos los domingos él acostumbra a colocar un ramo de flores en un búcaro al pie de la virgen y ya ese ramo lo estamos extrañando en la comunidad desde su evaporación, como mismo se evapora el agua bendita, así le ha sucedido a Romeo. La congregación no hace más que rezar por su regreso y que vuelva sano y salvo. Salvo en Señor, me refiero.

Tome lápiz y papel, amigo Erineo, anote todo cuanto sea de provecho para esta búsqueda. Resulta que estuvimos conversando un poco, la chica, Romeo y yo, hasta les preparé un té de Hawai que era una delicia. No sé cómo fuimos cayendo en un diálogo tan familiar en tan corto tiempo. La muchacha tiene arte para hablar, me dije y después ella señaló que la nombraban Hada Julieta. Lindo nombre, ¿verdad?

Ignoro cómo ella se enteró de las cosas que guardo en mi baúl secreto, eso me tiene preocupado; ni el arzobispo sabe dónde lo escondo, mucho menos aquello qué contiene. Sin embargo, ella sabía, de modo verbal me hizo una descripción. He aquí mi primer asombro. Yo soy descendiente por vía materna del villano Ladislao Agua Bordada, mi nombre completo es Agustino Reloj de Agua, por tanto he heredado de ese bandido la famosa colección de botones. Nadie sabe que la guardo celosamente en un cofre bajo llave, dentro de un armario, cerrado todo en un cuarto oscuro, y viene esa tal Hada a preguntarme por los botones.

Se había vuelto loca la chica, pues quería cambiarme toda esa herencia por tres sacos de arroz, uno de frijoles, tres bolsas de leche en polvo y media pierna de carne de cerdo. Yo me aflojé la corbata, empecé a sudar, por un momento pensé que era esta la gran oportunidad de mi vida, que el cielo se abría por la mitad y me había mandado la bendición, casi me arrojo al suelo para glorificar a Santa Rita de Cascia, pero sucede que soy un individuo testarudo que no se derrite así de fácil como la parafina, entonces les dije que no, que jamás iba hacer un trueque con esas pertenencias, además le dije, que yo tenía otras cosas, por ejemplo, una sopera del Rey Arturo, los Orishas de Ana Bolena, las barajas de Lucrezia Borgia, cosas por las cuales no mostraron ellos mucho interés.

Señor Erineo, yo les expliqué que no me puedo deshacer de una colección de botones tan ancestral y que posteriormente ha sido enriquecida por otros parientes ladrones de Lasdislao Agua, todos ellos fueron comprando esas diminutas piezas a otros coleccionistas, también en subastas, quién sabe si estos licenciados cometieron hasta grandes delitos de estafas para yo tener ahora lo que tenía que tener. Le confieso que tengo botones que pertenecieron a personas ilustres como San Raimundo de Peñafort, San Pedro Nolasco, San Francisco de Sales, San Juan de la Cruz, San Juan Bosco, pero asimismo, de Madame Blavatsky, de Bob Dylan, de Charles Chaplin, y de cubanos, por supuesto: como Carlos Juan Finlay, Manuel Saumel y Julián del Casal, en fin, una lista interminable.

Yo a la verdad estoy muy preocupado, duermo con un ojo abierto, le doy vueltas y vueltas al asunto; me pregunto y sigo sin respuestas: ¿Cómo consiguieron saber acerca de las cosas que guardo en el baúl? Le confieso que hasta he cogido miedo en esta historia. A esos dos les pregunté directamente al pulmón: ¿Cómo saben de mi colección secreta de botones?, y después Hada Julieta me cuenta una historia increíble, que luego no hay quién se la crea. Si hubiesen contado historias de fantasmas me las hubiese bebido y me quedaría conforme, pero eso de que se puede viajar en el tiempo, haciendo escalas en el pasado o aterrizando en el futuro, a través de una máquina de llamaradas gélidas que te desaparece cinematográficamente, esa explicación no hay quien se la trague.

Tremendo escándalo se ha suscitado en la zona portuaria, y lo peor, a estas malditas horas

Erineo recordó la conversación que tuvo Agustino Reloj de Agua Bordada y temía que Gonzo desapareciera cinematográficamente en el espacio y el tiempo, como tal vez lo hizo Romeo sin dar mayores indicios y a través de la dichosa máquina de llamaradas gélidas. ¿Qué fue de Romeo?, le hablo yo a Hada Julieta, y pregunto después: ¿Usted lo tiene secuestrado? Yo no quiero quedarme con perro alguno, respondió Hada: La máquina lo ha tragado y lo vomitará en un par de minutos, según el manual de instrucciones es alérgica al pelo de los animales. Y yo, que me llamo Ronaldino el Testarudo, volví a formular la misma pregunta: ¿Qué fue de Romeo?

Mi curiosidad se fue por los laberintos de la noche hacia Los Muelles y sus galpones, por el mar de invierno que se mantenía irregular sobre veinte mil olas por segundo en toda la bahía. ¿Dónde está Romeo, pelandruja?, se escuchó de pronto esa pregunta en voz femenina. Salió detrás de unas estacas y de sarmientos que permanecían a nuestras espaldas. Fueron las palabras de alguien a quien encubrían las tinieblas más espesas, y como un depredador que asecha a un conejo; saltó una muchacha en el momento preciso y dio grandes gritos. ¿Dónde está Romeo, pelandruja?, volvió a preguntar mientras acercaba su nariz cada vez más a la luz, en tanto nosotros podíamos identificar aquella voz perdida en el aire frío. Sin dudas era Julia Julieta, venía dispuesta a tomar a Hada por los moños y llevarla primitivamente calle arriba por los pelos.

Si fuese necesario la arrastraré por todo el litoral, le dijo Julia a Josefina Isolina, la enfermera, minutos antes, y en la posición de espera. Tienes que comportarte como mujer civilizada, culta y elegante, comedida e inteligente, le aconsejó Josefina: Romeo es un granuja como el resto de los hombres, ¿cuánto valdría enojarse en su nombre?, una fortuna no lo paga. Julia pareció entender lo que decía su cuñada y hasta pensó: «Mejor me voy, ¿para qué indagar respecto a la vida y obra de mi novio?, ex novio; ¿qué importa ya lo que hace o deja de hacer, si no me quiere o no me quiere?, juf. Ya me olvidaré de él, si anda detrás de otra, que se vaya». Sin embargo, acto seguido le entró curiosidad por saber qué tan bonita era Hada y por eso se quedó allí detrás de las estacas, junto a Josefina. Se quedó tranquila, calladita, estaba convencida de que no debía inventar un escándalo de la nada, como si fuese ella de la membresía de la gente chusma. Pero, sucedió que apenas divisó a Hada pudo comprobar que era bella como decían las chismosas, entonces le subió a la cabeza lo de isleña, lo de conga, lo de india, lo de carbalí, lo de gallega, lo de jefa sindical recién electa, lo de mala hierba, lo de amazona, lo de puma… y se lanzó sobre su presa. Detrás iba la Josefina, conocida como Fini la grosera; y trataba la enfermera de controlarla, de asirla por una manga y evitar pendencias, malos entendidos, desafueros, o riñas imprevistas.

Antonito escuchó la voz de Fini y se puso contento como una maraca que se deja acompañar por la música de un clavicordio. En tanto Erineo lamentaba no haber traído las esposas, ni el mando a distancia con el que solicitaba un carro de patrullas para conducir a la Unidad a toda persona que quisiera perturbar el orden de los silencios de este sitio. Aquí los silencios se acomodaban unos encima de otros y a estas horas de la noche era mejor no moverlos de su posición, ni siquiera hacerles un arañazo con el más mínimo ruido.

Devuélveme a mi Romeo, le dijo Julia en tono amenazante a Hada. En ese mismo momento la máquina de luz escupió al perro Gonzo, que por suerte cayó en los brazos abiertos del policía raso.

¿Qué tanto interés tienes tú en este asunto?, dime Vivianne

¿Y quién te dijo que me gustan las fiestas?, ¡¿quién te lo dijo?!, le pregunté a Vivianne en un arrebato y en plena crisis de emociones, con la entonación de un guapetón y ella me respondió con voz encantadora: Cuando logres abrir esa puerta, (puerta por la que quisiste huir hace cinco minutos), entenderás cómo puede cambiar el paisaje interior de una casa en ruinas y como sus colores muertos vuelven a la vida. La destrucción que hasta ahora has visto se convertirá de pronto en *dancing latino*. ¡¿Quién te dijo que me gustan las fiestas?!, volví a preguntar porque soy de muy mala forma y mala rabia: ¡No me gustan!, entiéndelo bien, ni el baile asiático ni el *Break Dance* de Manhattan, no me gusta *rock and roll* ni el capoeira, tampoco los teatrales bailes de salón de los francos —trato de hacerme explicar que padezco de corofobia, lo que significa miedo a bailar—, no me gusta la rumba, ni los godos que la bailan con pasillos pantomímicos. Soy un ser apático a todo, según mi psiquiatra: *soy todo un pesado por dictamen científico, especialmente apático a la diversión*. No quiero entrar ahí.

Sé que no te gustan esas cosas, muñeco, pero el mismísimo Odudumá en persona me ha pedido que te lleve a su presencia. Aquí tienes una invitación escrita con acuarela en un pedazo de bambú. Ha sido insistente. Algo querrá hablar contigo. Qué sé yo. ¿Qué tengo yo que ver con ese

105

espantapájaros? No lo sé, muñeco, averígualo tú, dijo ella: Los fantasmas son seres familiares cuando beben aguardiente. Los tendrás a todos cara a cara y cuando eso suceda te liberarás del miedo que sientes por ellos; verás lo inofensivos que resultan cuando están contentos; ¿no es eso lo que quieres demostrar con este sueño de tantos días?, un sueño al que tú mismo llamas experimento de probeta, Hoy podrás demostrarte a ti mismo que no tienes nada de gallina en la sangre. Enfréntate a la realidad y a la fantasía, entonces te curarás de todas las fobias diagnosticadas.

Supongamos que es eso lo que quiero…, digo yo y ella me toma la palabra e interrumpe: ¡Claro!, estás buscando vencer el miedo desde un principio y lo harás entonces a mi manera. Por lo pronto dime de qué te vas a disfrazar para entrar en ese salón de la alta sociedad. ¿Disfrazarme?, ni loco que estuviese. No solo eso, dice Vivianne: Tendrás que decir unas palabras ante toda la audiencia. ¿Decir qué?, no tengo nada qué decir. Me aterra hablar . Ya te dije y te repito, muñeco mío, «Esta horda que bien viste, calza y pudre, no es de temer. Son todos muy divertidos». ¿Divertidos?, me pregunto y luego le comento a Vivianne: Se me retuerce el hígado, se me revuelve la bilis cuando me llega el olor zoológico de esta gente, entonces jamás será un placer divertirse con ellos.

Un disfraz te hace poderoso, muñeco, dijo Vivianne Giulietta: La vida es el arte de la simulación. Sin disfraz no hay progreso, no hay acción, si no nos disfrazamos jamás seremos nosotros mismos.

No quiero entrar, mi Giulietta del Campo, ¿es tan difícil hacerme entender por las buenas? No te hagas más de rogar, chico, dijo ella en una súplica y acto seguido preguntó: ¿Acaso no quiere Stefano, el malcriado, conocer a Odudumá, a Alma Roja del Nilo, a la Conciencia del Bosque o al fantasma Rastafaris 427? Todos ellos estarán ahí, los más feroces rostros que hayas conocido. ¿La curiosidad no te lleva a dar un paso hacia delante? Como comprenderás, a mí tampoco me gustan los bailes colectivos, pero he terminado vistiéndome con esta licra de gata, una licra etiquetada por la DuPont del Consorcio Ártico, una licra que me da aspecto felino, y aunque aúlle como una perra pastora soy en verdad gata de carroza. Me he pintado sendos bigotes, sería capaz de saltar de un tejado a otro, de entregarme a la luna, de comerme un pescado hervido. Estoy imponente, despampanante, lista ya para bailar salsa o todo lo que el *discjockey* entienda como música de moda. Asimismo, despampanante tienes que estar tú, muñeco, listo para conocer a los más grandes fantasmas que tiene esta ciudad. Te encantarán. Hace mucho tiempo han muerto, pero viven. La muerte no es verdad.

Al diablo con ellos, expreso yo. Son muy cultos, aclara Vivianne. No me importa. Escriben versos…, como tú. No me importa. Alguno de ellos debe saber tocar en el violín la pieza que más te gusta; sé bien que prefieres la música clásica. No me importa. Pues, yo entraré a la fiesta, a veces las chicas somos más valientes que los chicos; tengo las mismas fobias que tú tienes, doce en total, las ha prescrito la doctora Semiova; yo también le temo a los fantasmas, pero me he llenado de valor y he hablado con ellos. Solo quería, muñeco mío, que ellos te invitarán a la fiesta; sabía de antemano que tú vendrías hasta aquí, que hablaríamos un rato, entonces supuse que podíamos entrar juntos a esa a maldita fiesta. No quiero entrar sola. Pero tú harás conmigo como mismo hizo tu chica contigo, te dejó plantado esperando por un beso y a la media vuelta se fue corriendo.

No quiere Vivianne entrar sola, pero allá va muy dispuestita por el camino recto. Muy oronda. ¿Cómo una chica podría ser más valiente que yo?, sería ridículo pensarlo, sería anticultural. Espera, dije yo: No te vayas sola, iré contigo. Poca gente me conoce por guapetón, pero lo soy a la manera más artificial. Vivianne Giulietta del Campo da salto de alegría. El coraje es todo lo que se espera de un héroe como Stefano, el protagonista de la siguiente media hora. Entonces le dije: Tengo que hacerte una pregunta y así aclarar una duda clave. Pregunta, muñeco, pregunta, dice ella sin perder el entusiasmo, entonces averiguo: ¿Qué tanto interés tienes tú en entrar conmigo a ese salón?, ¿para qué?

Estos muertos saben muchas cosas, habló Vivianne en voz baja y con una mano cerca de la boca para que no se fueran muy lejos las palabras: Conocen presente, pasado y futuro; por tanto, ellos nos dirán en dónde podemos encontrar a tu tío Romeo Ecuador. ¿Y qué tanto interés tienes tú, Vivianne de mi corazón, por encontrar a ese desarrapado, harapiento y semi-intelectual?, le pregunto y ella me contesta: Mira muñeco, resulta que Romeo Ecuador puede ser muy pedante, presumido y especulador, no obstante es el novio de mi tía favorita, Julia Julieta, y ella está sufriendo mucho con su desaparición. Ellos dos se aman. Julieta lo quiere muchísimo, y él a ella, por los cielos. Hay que encontrarlo, en nombre del Amor.

Esto es brujería pequeña

Con una manzana, un coco y una paloma Cabello Blanco, con manteca de cacao, semillas y tierra de varios lugares, con todo eso, puedo limpiarle el karma a Stefano Xavier, entonces conseguirá despertar de tan un largo sueño, le dijo Genoveva a Frida y siguió explicando: El procedimiento es sencillo, se le pasa la manzana por el cuerpo, luego se echa al río que lleva el nombre de un indio para que los peces devoren su masa. El coco se apoya en el ombligo del bello durmiente, porque es de ahí donde brota el sueño. Se reza entonces un padrenuestro, se enciende una vela bonita, se habla con la luna y por último se tira el coco al mar, con la manteca, la tierra y las semillas. Y para que el ojo abierto del Universo vea las cosas extrañas que están pasando en esta casa, en el paso que viene, se le pasa la paloma a Stefano, la paloma se le frota en la frente y se suelta el ave para que vuele en el sentido que se localiza la estrella polar, astro que vive en la cola de la Osa Mayor. El ave llevará el mensaje al cielo, llevará consigo la noticia de que Stefano ya tiene el karma limpio por obra de la manzana madura, el coco seco, la vela y la fe. Y el Universo, que a todos nos escucha, concederá un milagro, entonces el bello durmiente despertará al amanecer.

¡Genoveva!, ahora me entero que eres aficionada a la brujería, comentó Frida con una mitad de sonrisa en la boca. Pero, ¿qué burradas dice usted?, preguntó un desconocido, quien por casualidad escuchó la conversación de Genoveva y se involucró en el tema sin nadie pedírselo. No son disparates, dijo la mamma: Gabardino 37 fue quien me mandó hacer estas cosas, como puede ver están escritas en este papel de su puño y letra. Mire, Genoveva Carmita, yo soy *babalawo* igual que Gabrdino, aunque a mí nadie me conoce más que como hornero de empanadas, no obstante le voy a dar un consejo: deje a Stefano tranquilo, deje que duerma lo que quiera. Lleva durmiendo siete días con siete noches, observó la mamma. ¿Para qué quiere usted despertar a Stefano Xavier?, preguntó el desconocido.

Porque nos preocupa mucho esta situación, dijo ahora por casualidad Valentino, el padre ideal y biológico de Stefano, parecía su voz venir de ultratumbas, su voz, su cuerpo, su olor y su cara de preocupación: El niño no despierta. *¡Valentino ha vuelto en sí! ¡Urra!, al fin ha llegado a la realidad después de tan largo viaje*, pensaron Frida y Genoveva al mismo tiempo. Valentino salió de las sombras del apartamento a la luz del farol de la calzada Pajarito Azteca, entre Dentadura y 6ta Avenida del Corsario, entonces indicó Valentino: Por más de seis meses he estado fuera de mí, en una alteración en mi estado de conciencia. Mi hijo lleva siete días dormido y ya tengo que reaccionar. Me toca hacer algo.

Entonces el desconocido le dijo a todo el que estaba involucrado en esta escena, (lo que en total sumaba una buena cantidad de curiosos en la calzada Pajarito Azteca): No le hagan mucho caso a las recetas folclóricas que Gabardino, inventa mucho, aunque con las mejores intenciones, yo les aseguro que el sueño de Stefano, en este caso, es algo normal. Ando desesperada, lloriqueó la mamma: Tengo que encontrarle una salida a esta situación. E ipso facto, Genoveva le tomó la mano a Valentino y Valentino apretó con ternura esa mano cálida de la que había olvidado parte de su suavidad, y entre unos y otros dedos chocaron los anillos matrimoniales. En este momento buscaban apoyo el uno en el otro. Genoveva siguió hablando: Si algo le ocurriese a Stefano, el niño prodigio de esta casa, moriré de pena.

No lleve las cosas a donde no hay que llevarlas, dijo aquel interlocutor desconocido, quien se decía *babalawo*, pero no tenía forma alguna de probarlo: Su hijo no está dormido, está en trance, y en trance no cae cualquiera, sino aquel que posee el don. ¿Y Stefano tiene algún don?, preguntó Frida y el desconocido ignoró la envidia, algo natural en las mejores amigas de Genoveva, entonces se acercó a la mamma y le dijo como quien sabe lo que dice: Su hijo tiene el don exclusivo de comunicarse con los muertos. En estos momentos Stefano está llegando al gran banquete de la noche.

110

La fiesta

En realidad, entré a esta fiesta para complacerlos a ustedes. Ustedes me embullaron a pasar a la zona roja, a la zona de desastre y de carnaval. Estoy seguro de que jamás me perdonarían que me hubiese ido por la ventana abierta, corriera entonces por el jardín, luego calle abajo, cortara camino por el puente, me robara una bicicleta y cruzara con ella la línea del ferrocarril; llegara entonces, pedal por pedal, hasta mi casa, para despertar al final de esta fantasía y entrar otra vez en mi cuerpo y en mi mente, y volver a ser una persona de normalidad extrema. Sería un todo para nada. ¿De qué valdría no atreverse en este sueño de laboratorio, de qué valdría renunciar a estar frente a frente a los muertos? Por eso, antes que las fobias me llegaran todas juntas desde el calcañal hasta el pecho y me corrieran por las venas con un corrientazo, antes que todo eso pasara, abrí esta puerta sin pensarlo dos veces. Maldita puerta, abrí y entré. Ya estoy aquí. Qué fiesta tan loca. Entré en ella sin terror alguno.

Son extraños los fantasmas cuando emborrachan su lengua. He aquí un selecto público, todos ellos de muy buenos genes, conversadores al vino tinto, seres transparentes que huelen a monte, parecen sombras, parecen figuras de museos de cera, bestias metidas en trajes muy caros. Cuánto lujo para un solo baile de máscaras, cuántas velas encendidas y flores de invierno, manteles de seda, cuánto mal gusto en acción, cuántos bocados en canastas de porcelana, cuántas frutas. Un ciervo asado al carbón arde en parrilla; un pescado que huele a sicote lo han traído cocinado desde Tenochtitlán; una sopa rumana se sirve en jícara de cristal curado. Todo parece como si la noche estuviese metida dentro en un cuadro famoso.

¿A dónde fueron a parar las ruinas de esta casa, esas que vi hace un momento? La gente conversa como si lo hiciera en un mercado. La gente ríe, suenan pitos. ¿A quién no le falta un diente? Las *barbies fashion* quieren divertirse, aquí y ahora. Fuman de una pipa. Una gorda canta un tema de Donna Summer versionado al *rap* de Brooklyn. A los pocos minutos, una flaca en un rincón imita por un micrófono la voz a Cristina Aguilera. Nadie les presta atención alguna a esas dos desafinadas. Hay problemas con el audio, se escucha muy mal ecualizado.

Los meseros traen el corazón de la Uva servido en mil copas. La gran tribu bebe. Supongamos que toda esa bebida tiene un sabor asqueroso, aunque tenga el grato olor de la hierba guajira. A esta comunidad de fantasmas les gusta beber bastante, eso les contenta y los pone a bailar.

¿Dónde se habrá metido Vivianne Giulietta? Me ha dejado con la palabra en la boca y le he perdido la pista. Me siento ridículo entre tanta gente y me pongo ansioso. Las manos me sudan, lo veo todo borroso, me falta el aire. La boca del estómago me duele. Han cerrado todas las ventanas a causa de una repentina lluvia —sufro de claustrofobia, aquel miedo incontrolable y sensación de asfixia en los sitios cerrados—, simple lluvia a la que le incluyeron un trueno que partió un pino afuera, la siguiente descarga eléctrica achicharró una antena de televisión.

En esta velada el fantasma soy yo. Ustedes mismos pueden comprobarlo. Me disfracé de hombre invisible, disfraz que escogí entre los que estaban en el closet de Vivianne. Nadie puede verme. No obstante, a pesar de estar vestido transparentemente, el camarero aquí notó mi presencia. ¿Cómo se percató?, quién sabe. Me trajo algo de beber y para picar unas aceitunas de grandes amores, yucas fritas en almidón de cerdo y hojaldres rellenos con carne de antílope.

Cuánta gente rara, cuánta gente fea en tan poco radio circunferencial. Me río solo, a carcajadas me río. Todos apestamos a rayo porque somos personajes de corral. No me den un trago más. Estoy mareado. Qué mal baila esta gente, encuentro en ellos muy poco ímpetu latino, muy poco arrebato en cada movimiento. Qué bulla es esta. Bajen la voz, bajen el audio, ya es demasiado tarde, los bafles hacen mover las paredes y ya vendrá la policía a suspender el *poltergeist*. Quién de esta gente fuma tabaco y usa la boca de la guitarra como cenicero. Han puesto una bandeja de chicharrones en la quinta mesa, está al alcance de todos. ¿Cómo es posible que no les guste? Qué aburrida son las fiestas de los principales, aburridas cuando no tienen ni una sola cenicienta, una cenicienta colada en el baile por la puerta de fondo, la hubiésemos visto entrar con los zapatos prestados. Las cenicientas son las que mejor bailan y mejor cuerpo tienen, qué trasero de cera, Cenicienta mía. Siempre se les recomienda: *Al marcharte de aquí no hundas en el fango negro esas botas femeninas de tacón alto, tienes que devolverlas limpias, se ve a la legua que no son tuyas, se te caen de los pies. Pudiera ser una de estas botas ajenas la falsa pista para un príncipe que, al quedarse con ella te buscará entonces por su medida. Todavía no usas el número 36, según la horma de zapato de la eurozona, y aún así quieres ponerte el 38. Qué empeño en ser mujer antes de tiempo, con las téticas como manzanas prohibidas, y de llegar a casa después de las doce. Recuerda también lavar el vestido, devuélvelo sin esa mancha de vino mezclado con refresco de cola.*

Qué aburrida son las fiestas sin los siete enanos, sin una Caperucita que quiera comerse a un lobo en el bosque, sin un Pinocho vestido de hembra, sin la Blancanieves que vomita doce muelas de cangrejo, muelas que se comió por hartona y le cayeron mal luego de media cerveza y un tabaco.

Odudumá es el dueño de este banquete, vive en la constelación de Virgo, en la obra de arte más cara, en la alegría yoruba, por eso nos sorprendió mucho cuando dijo: Qué fiesta tan aburrida, una hora más en ella y me duermo. Alma Roja del Nilo asintió con la cabeza, y comentó: Últimamente las reuniones en esta casa se han vuelto lo mismo, lo mismo y lo mismo. Odudumá agregó: Aunque cambiemos la música grabada, aunque los comediantes traigan nuevos chistes, aunque los coreógrafos traigan nuevos bailes, esto es un fastidio.

A quien llamaban Conciencia del Bosque metió la cuchareta en esta conversación y preguntó: ¿Acaso ustedes invitaron al maestro aprendiz para esta noche? Yo mismo le mandé la invitación, dijo Odudumá: Pero no llega. ¿Vendrá?, preguntó Rastafaris 427, el más alto de todos los fantasmas habidos y por haber en esta gran ciudad. No lo sabemos.

En ese justo momento Vivianne Giulietta apareció ante la aterradora presencia de Odudumá y sus amigos, de una manera bastante desenfadada dijo: ¡¡Eh!, tú, Rey de los Muertos!, acaba de llegar el invitado, así lo has pedido y te complazco, lo traje casi por las orejas, arrastrándolo por la pata del pantalón, por la nariz.

Al rey le mejoró la expresión de rostro: ¡¿Dónde está?! Y esa misma pregunta la repitió Alma Roja, con el mismo entusiasmo; luego Conciencia, para terminar en la boca de Rastafaris. ¡Ahí está!, y Vivianne Giulietta señaló con el lomo de su dedo índice y la dirección de la señal terminó en mí: ¡Ahí está el aprendiz!, de maestro tiene poco, pero es lindo, su nombre es…, ¡Stefano Xavier de la U! y hará de la noche, la más divertida para ustedes.

Yo no sé qué pasó. A pesar de estar disfrazado de hombre invisible todo el mundo finalmente me vio. Al luminotécnico se le ocurrió volcar la luz de una consola de focos de enormes watts sobre mi cuerpo, tuve entonces que ponerme una mano a la altura de los ojos. Se hizo un silencio sepulcral, un silencio que tenía la forma del tiempo cuando se para en el reloj. El reloj de péndulo dio dos campanadas. La gorda había dejado de cantar *hip hop*, el baile se detuvo. Todos voltearon hacia mí. Qué miedo. Para qué yo me meto en películas como esta.

Todos ellos ahora se ponen de pie. Me miran a los ojos. Me pregunto si tengo qué decir algo. Confieso que la fobia de tener que hablar en público es la fuerza más poderosa que existe en este momento sobre la faz de la Tierra. Casi voy a llorar. Los muertos son algo terrible. Y cuando ya casi tenía muy claro que debía marcharme por la misma puerta por donde entré, Odudumá dio la orden más rara y oscura de la historia, alzó su mano con el estilo de un gran dictador y todos comenzaron a aplaudirme: ¡Bravo!, ¡bravo!, ¡bravísimo! Es el maestro. Es el niño de la U. Es el aprendiz.

Tremenda ovación. Y yo ante tal impacto no supe qué hacer. Lloré de emoción una lagrimita, como si hubiese hecho algo en la vida para merecer tanto elogio. Pero en seguida me puse a buscarle lógica a este absurdo y me dije: Aquí tiene que haber un error. No merezco tanto.

El despertar

Cuando les digo que Odudumá es el más aterrador entre los fantasmas que están en mi sueño no exagero. Su voz era muy ronca, su barba muy chiva, hasta tenía un diente de oro en la boca y se parecía a Pedro Navaja al reír. Sabía que vendrías, me dijo él: Los muertos sabemos muchas cosas que los vivos ignoran.

No sé por qué estoy aquí, dije yo, con mi voz de Stefano enamorado: ¿Usted me esperaba? Créeme que sí, muchacho, y te voy a recordar que estás viviendo en tu sueño, dijo Odudumá: En este sueño tenías que entrar a esta casa embrujada y aunque morías de miedo, fuiste capaz llegar hasta aquí. Eres valiente, otro en tu lugar hubiese desertado en el intento, hubiese despertado y punto, pero estabas poseído por una convicción, tenías el presentimiento de que aquí ibas a encontrar la respuesta a la desaparición de Romeo Ecuador. Me pregunto, dije yo, Stefano Alegre: ¿Dónde se habrá metido ese cretino, mala facha?

Por Romeo no te preocupes, tus compañeros de aula, Cecilio, Antón y el cristiano Ronaldo, han dado con su paradero, la suerte los ha ayudado mucho. Y diciendo esto Odudumá bebió de su copa y continuó: Antes que abandones este sitio te diré a donde debes ir exactamente para reunirte con tu tío Romeo y su amada Julieta, los encontrarás en un acontecimiento grande para toda la comunidad de Los Muelles; y a Vivianne, asimismo le tocará como recompensa hallar a su tía Julieta involucrada en el triunfo de un amor grande y cuya imagen pudiera figurar en una postal de febrero 14. Todas estas sensaciones de felicidad ocurrirán en el capítulo final de la primera temporada de esta historia, sucederá como en las novelas. El héroe más flaco de la noche de un jueves te regalará su bonete y si algo tiene él que decirte, escúchalo. Pero antes de que todos esos acontecimientos benditos ocurran, te toca a ti salvar la fiesta de hoy, salvarla de un gran aburrimiento. ¿Puedes hacerlo?

Respiré profundo, crucé los dedos, miré hacia el techo, me rasqué la frente, los testículos y dije: Lo haré. Y desde luego volvieron a aplaudirme. Entonces el camino es tuyo, dijo Conciencia del Bosque y abrió paso, y todos abrieron paso para mí. Vivianne asintió con la cabeza. Eres muy atrevido, eso me gusta, dijo. Entonces el camino por la casa embrujada se me fue abriendo hasta el piano. Un piano de cola Yamaha Doble, un piano de última generación, electrónico en su estructura, era último grito de la electro-acústica. Todos estaban atentos. Anduve hasta él y me senté frente a ese gran animal de teclas, ébano y marfil. Soy un simple estudiante del conservatorio WwKxh, le dije a la concurrencia por un micrófono y para que no me fueran a confundir otra vez con un maestro, soy un mero aprendiz, aunque puedo alegrarles esta noche, puedo tocar lo que ustedes quieren escuchar.

Entonces, interpreté: *Concierto para piano y orquesta número 1* en si bemol menor, opus 23, compuesto por el ruso Piotr Ilich Chaikovski. Confieso que tocar en la casa Odudumá produjo en mí la grata sensación. No me equivoqué en una sola nota. Estaba inspirado en ese gran momento. Conseguí que el terorífico Espíritu llorara de emoción, conseguí que el vino de la fiesta tuviera mejor sabor, conseguí que la oscuridad se convirtiera en un cuento de hadas y que el aburrimiento huyera al monte. Qué tan cortos resultan ser los sueños largos.

Cuando terminé de tocar, la ovación fue impresionante.

Supongamos que en ese mismo momento desperté

A la mamma le parecía que yo había llegado de un largo viaje, por eso me abrazó muy fuerte y me preguntó: Hijo mío dónde has estado en los últimos siete días. Hasta Valentino estaba contento. Mamma mía, he estado buscando a mi tío Romeo Ecuador; ya sé cuál es su paradero y ahora mismo iré a buscarlo. ¿Buscarlo, ahora?, ¿estás loco? Lo hallaré, mamma, algún milagro se va a desatar en ese encuentro. Y de pronto salto yo de la cama, me llegan los colores al rostro y me dispongo a tomar la calle. ¡Pero mi niño!, si te acabas de despertar de una fiebre, la calle está oscura y fría, ha llegado el invierno, ¿no te aterra esa oscuridad? —Genoveva dice esto por cuanto me diagnosticaron que padezco nictalofobia, lo que significa miedo a la noche— Ya no le temo a nada, creo que me he curado de espantos. Déjalo que vaya, dijo padre Valentino: Stefano poco a poco se está convirtiendo en hombrecito. En un hombre.

¿Cómo voy a dejarlo ir así por así, después de todo lo que hemos vivido?, preguntó la mamma y lamentó: Ay, los hijos, no sales de una preocupación para entrar en otra. ¡Deja al niño que haga lo que quiere!, gritó Valentino y agregó: Ahora, Stefano, como próximo paso, tendrá comportarse como un caballero andante, ya no es un asere de barrio. ¡¿Qué sabes tú?!, acaso también eres *babalawo*, dijo ella, la mamma es a veces irónica, no se lo reprochen: ¿Ustedes saben cuántos días llevo halándome los pelos?, en este momento quisiera tener un minuto de descanso. ¿A dónde pudiera ir Stefano a estas horas después de tan largo sueño de marmota?

¿No lo ves, Genoveva?, estás miope, es obvio el episodio que viene ahora, dijo Valentino y la mamma le preguntó: ¿Estás bebiendo otra vez? Déjalo ir por las buenas, respeta la voluntad de tu hijo y confía en mi presentimiento de padre, dijo Valentino y le guiñó el ojo al mocoso. Stefano se puso contento. Al fin alguien confiaba en él en esta familia. El chico abrió la puerta y se marchó como un loco. La casa quedó en silencio total. ¿Qué haremos ahora?, preguntó Genoveva.

Esperar un minuto, dijo Valentino: Y seguirlo sin que él se percate. ¿Tú no decías que hay que confiar?, ¿no confías en tu hijo?, preguntó la Genoveva contrariada. Al diablo con la confianza, esas son palabras bonitas de los psicólogos, ahora mismo vamos averiguar a dónde quiere ir ese desarrapado y a estas santas horas, dijo padre Valentino. ¿Tú no decías que se está convirtiendo en un hombre de pronto? Es un mocoso, no tiene siquiera edad militar y ya quiere salirse con la suya. No hables más, Genoveva, que no podemos perderle el rastro, ni te cambies de ropa, sigue así en bata de casa que hoy vamos a saber qué está pasando aquí. Lleva los anteojos por si hacen falta.

Antes de abrir la puerta de la calle, el pintor Valentino de la U, le hizo una santa pregunta a su esposa Genoveva: ¿Tú te has leído el libro, *Consejos de la psicología moderna para el tratamiento de los padres con respecto a los hijos?* Genoveva asintió con la cabeza. ¡Pues a la mierda con ese disparate!, ese libro está para quemarlo, además que, su primer autor no tuvo hijos, y el segundo, cuando tuvo jimaguas, diez años después cambió de opinión y se retractó de esta publicación. Ninguno de estos consejos tienen valor científico, así que no hables más, hablas demasiado y te equivocas mucho, cualquiera diría que eres escritora de libros perdidos. Este asunto lo vamos a resolver a mi manera y a mi medida, como dice el bolero.

Y desde luego siguieron a Stefano sin que este se percatara, lo persiguieron con sigilo en la noche más noche del mundo. Stefano dejó de ser el cobarde para convertirse en un atrevido, por eso tocó en la casa real de Vivianne. Ya no estaba en un sueño, sino en la realidad que estamos contando. ¿Acaso la realidad es un sueño, acaso el sueño es realidad? ¿Cómo saberlo? Al toque en la puerta se asomó una vieja que preguntó: ¿Quién vive? Soy yo Stefano, el verdadero Stefano, el que nació en los cuentos infantiles, mi personalidad la he sacado de un libro sin ilustraciones. ¿Qué quieres tú a estas horas? Hablar con Vivianne. Vivianne está durmiendo. Lo sé, señora, hace sietes días con siete noches que no despierta, ella ha estado soñando y nos hemos encontrado en los mismos sueños. Hemos conversado. Hemos hecho mil cosas juntos.

Travesuras. Yo sé lo que tengo que hacer para que despierte de una vez.

Mamá, ¿quién ha tocado a la puerta?, preguntó una mujer de unos cuarenta años. Un joven, dice que tiene la fórmula para despertar a Vivianne, pero mi´ja, yo no le creo media palabra; por aquí han pasado más de cien personas diciendo lo mismo y ninguna ha dado en el clavo, aunque bien, nadie se atrevió a tocar tan tarde.

En un minuto se abrió la puerta. Habría que engrasar las bisagras, pensó Stefano, pero eso no venía al caso. Valentino y Genoveva miraban por turnos a través de los anteojos. Salió entonces la mujer: Yo soy la madre de Vivianne, y aquella es la abuela, estamos desesperadas con este asunto. ¿Qué sabes tú de lo que le pasa a mi hija? Señora, su hija y yo hemos conectado en el mismo sueño, es algo parapsicológico. ¿De verdad sabes cómo despertarla? Claro, por eso estoy aquí. Entra, dijo la madre de Vivianne y Stefano entró a la casa.

Para enterarse de todo lo que estaba pasando, Valentino tuvo que asomarse por una ventana.

Stefano fue llevado al cuarto de Vivianne. Ahí está, dijo la madre: Es una situación desesperante. La culpa es mía, creo que la he tratado con severidad muchas veces. La psiquiatra me recomendó que no lo hiciera de esa forma, la niña tiene problemas de retraso. Vivianne no tiene ningún retraso, dijo Stefano: En este momento es solo una bella durmiente.

Entonces se acercó el atrevido a Vivianne Giulietta, la besó en los labios y ella despertó después de siete días con siete noches de un largo sueño. Genoveva, a través de la ventana no daba crédito a lo que estaban mirando sus ojos. Cuando una bella durmiente despierta lo primero que hace es estirarse, y lo segundo, mirar al príncipe encantado y sonreír, entonces dice: Niño, verdad que tú te atreves. Esta escena clásica sucedió ahora, y, madre y abuela estaban maravilladas como si fueran testigos de un milagro de Sagradas Escrituras.

Estos mocosos están enamorados, dedujo Valentino desde el jardín: Hemos engendrado una generación perdida, duermen demasiado y se enamoran muy pronto. ¡A callar!, dijo Genoveva y le dio un codazo a su esposo.

No nos queda mucho tiempo para encontrar a Romeo y Julieta, le dijo Stefano a Vivianne. Ella miró hacia un reloj de pared, comprobó la hora exacta y dijo: Es cierto, tenemos que irnos ahora mismo.¿Irse?, ¿a dónde van a estas horas de la noche?, preguntó la vieja. Déjala, que vaya a dónde le plazca, lo importante es que está bien, lo importante es que ha despertado, no sabes el alivio que siento, dijo la madre de Vivianne: Yo pensé que mi hija…, y aquella por lloricona no pudo terminar su expresión.

Nos vamos, dijo Vivianne, dio un salto y tomó a Stefano de la mano. Él abrió la puerta de la calle y salieron hacia la noche. ¿Vas a dejar que esos dos fiñecos se vayan a estas horas y se salgan con la suya?, preguntó la vieja. Acto seguido, la madre de Vivianne, secó sus lagrimas de actriz aficionada y dijo: ¡Claro que no, mamá!, les seguiremos a ver a dónde van. Eso de encontrar a Romeo y Julieta suena muy raro. Estos niños tienen que tener problemas, dijo la vieja: Parecen simples, pero son demasiado complicados. Yo en mi infancia no era así, ni tú tampoco.

Y a la persecución de los chicos se le unieron la abuela y la madre de Vivianne, en una causa común con Valentino y Genoveva.

Oye, nuestros padres insisten en seguirnos, le dijo ella al mocoso. Déjalos, así nos acompañan, respondió Stefano. Sabía que vendrías a buscarme, dijo Vivianne: Por eso me hice la dormida hasta el último momento. Quiere que te diga una cosa, dijo él, muy seguro en todo lo que dice: No hace falta ser Romeo Ecuador ni Julia Julieta para tener la gran suerte de caminar juntos. *No somos ni Romeo ni Julieta*, somos simplemente nosotros. Nosotros y unos padres guardianes.

Se completa la colección de botones

¿Acaso Piotr Ilich quiere salirse con la suya?

Hada Julieta y Romeo Ecuador arribaron al gran Moscú de 1868 en uno de esos días que apenas sale el sol en la mañana, uno de esos días que parecen no tener horario ni fecha en el calendario, uno de esos días en que no nace ni muere nadie, uno de esos días cualquiera en que está prohibida la risa por la policía, «las personas alegres corrían el riesgo de ser multadas». La máquina del tiempo los dejó en la calle Arbat y tuvieron que seguir a pie bajo el invierno hasta la calle Mokhovaya. Todos los avatares de este largo camino los llevaron a la presencia del maestro Chaikovski.

Julieta y Romeo fueron guiados por Antonina Miliukova. El compositor estaba en su recámara, metido en el asunto de las partituras y las combinaciones matemáticas de sonidos, cuando ellos llegaron a su departamento. Chaikovski ni levantó la vista, por más que escuchó el arribo de sus invitados. Estoy escribiendo la gramática musical de la obertura-fantasía *Romeo y Julieta*, dijo, después de dejar que transcurrieran unos minutos de silencio. Ni Hada Julieta ni Romeo Ecuador se sentían inquietos, por el contrario, les halagaba estar en el departamento del maestro, por demás, un sitio tibio, como si estuviese situado a mil kilómetros del más crudo invierno. Sin embargo, no era así, solo estaban a unas pulgadas de la ventisca que inició de pronto su marcha por todo Moscú. Romeo se asomó a la ventana, nunca había visto nada igual.

Esta obertura que escribo estará dedicada a ustedes, dijo Chaikovski. Antonina Miliukova pensó: *El amor de*

123

una pareja mueve el mundo. Se complacía con esa decisión. ¿A qué debemos tanto honor?, preguntó Hada Julieta, en tanto que Romeo le servía de traductor e intérprete. El maestro envió a Antonina por un té. A ella no le gusta la idea de ausentarse de lo mejor de una conversación, pero no le quedó más remedio que obedecer.

El departamento del maestro era grande, estaba bien amueblado e impecablemente limpio. En este laboratorio concibo yo mi música, dijo y lamentó que no fuese un sitio más cómodo y acogedor. Desde luego, esto lo dijo por modestia, falsa modestia, siendo de seguro su casa, uno de los mejores sitios de Moscú, de los más espirituales.

He sabido de ustedes por muchas bocas, varias fuentes me han informado y ya esperaba que vinieran a hacerme la visita, indicó el maestro y continuó: Desde que Hada Julieta se encaprichó en poseer una colección de botones, teniendo no solo los más raros, caros y antiguos, sino también, aquellos que pertenecieron a las personas que más aplausos ganaron, las personas más famosas y de bien, enseguida supuse que vendrían ustedes dos de visita a este departamento.

El compositor abrió una botella de bebida, sirvió en una copa sin brindarle a nadie y se tomó de pronto un trago para entrar en calor. La bebida le bajó por el esófago como si fuesen carbones encendidos. Luego expuso con naturalidad: Lo sé todo, lo sé todo, trepan ustedes en una máquina que los lleva al pasado, los trae al presente y los envuelve en el futuro, van a través de los siglos como el colibrí que se posa de una rama en otra, como la abeja de flor en flor. Hada se las va dando de maga, a través de mil trucos toma los botones que a ella le interesan. Qué estafadora, qué pilla, qué farsa, para luego tener una colección que ha de valer una millonada.

No lo hago por dinero, dijo Hada Julieta insultada: No quiero ese repertorio de botones para subastar, los quiero para mí. No obstante, vale la millonada, es bueno que no seas ambiciosa, se alegró Chaikovski y dijo: Ha sido fabulosa la manera que ha despojado de sus broches y botones a Nicolás, a Galileo, a Durero y se lo tenían merecido da Palestrina y di Lasso, fue todo un suceso. Sin embargo, conmigo no hay trucaje que valga, pues yo también soy brujo, nadie me engaña. Yo lo sé todo. Yo les puedo dar los botones de mi camisa, todos los botones que puedan existir en mis armarios, eso sería muy bueno para la colección; no me pesaría hacerlo ni aún teniendo en cuenta que poseo botones de marfil clásico, no me pesaría, si mediara un pacto entre nosotros.

Maestro, por curiosidad, ¿cómo ha sabido de nosotros?, preguntó Romeo Ecuador sin poder tragarse la interrogación, se le había alojado en el gaznate y finalmente la soltó. Chaikovski proyectó una risa en el día que estaba prohibido reír en Rusia y en ese mismo instante, Antonina tocó discretamente en la puerta y entró con el té, servido en tazas de porcelana de un mundo tan lejano como secreto. El té era asiático en su aroma y la azúcar que lo endulzaba venía de América Insular.

Estamos realmente sorprendidos

Y cuando empezó a descender una figura de la luz incandescente, a Julia le comenzó a latir el corazón de manera inusitada. Estaba segura de que ese infeliz que bajaba por los laterales del manojo de luces, no era otro que Romeo Ecuador. En ese mismo momento llegaron a esta secuencia, nada más y nada menos que Stefano y Vivianne, teniendo como fondo a la comparsa de sus padres, venían ellos en la retaguardia y con la lengua afuera. La secuencia de la que estamos hablando estaba siendo filmada en formato de video por varias cámaras de telefonía móvil.

Por su parte, Erineo, se daba con un canto en el pecho mientras sostenía al perro Gonzo en brazos, un perro de mala raza, juguetón y alegre de cola. Gonzo lamía con su lengua de coyote la cara de Erineo, quien de seguro pensó: Al fin encuentro a ese Romeo Ecuador de mierda, ese chico moderno que ha calzado los más horribles mocasines artesanales, seguro con este hallazgo mi jefe Marlon Blando me sube el salario, salario de soldado a salario de sargento.

¡Ahí está mi hermano —dijo Fini la enfermera, emocionadísima!

Antonito y yo nos miramos y recíprocamente nos leímos en el rostro una expresión de duda. ¿Qué pasa?, nos preguntó Cecilio ante la desconfianza que tuvimos metida entre ceja y ceja. Todo esto es una gran estafa, dije yo. Cecilio nos preguntó por segunda vez: ¿Qué pasa?, y en ese momento respondió Hada Julieta: Ustedes esperaban a una persona y resulta que apareció otra; ¡damas y caballeros!, desciende a escena, a través de la luz, ¡el maestro Piotr Ilich Chaikovski!

Yo les puedo dar todos los botones de mi camisa, todos los botones que puedan existir en mis armarios, eso sería muy bueno para la colección; no me pesaría si mediara un pacto entre nosotros, dijo el maestro. ¿Cómo ha sabido de nosotros?, preguntó Romeo Ecuador. Antonina tocó discretamente en la puerta y entró con el té importado de la Siberia.

Antonina Miliukova, después de una pausa intencional, dijo: Aunque soy muy joven, apenas una estudiante de piano, también soy pitonisa, puedo arrojarme al pasado y puedo arrojarme al futuro sin necesidad de una maquinaria, lo hago por medio de la lectura del tarot o el examen de cuanto está escrito en las palmas de las manos, o a través de la interpretación de los sueños extraños de mis clientes, todo en su conjunto me transporta aquí o allá, a un tiempo u otro; de manera que he visto la cara de Romeo más de una vez en mis trances de meditación. He soñado con anticipación su llegada a Moscú, me han sido revelados sus propósitos, y claro, de inmediato se lo he comunicado al maestro.

No bastando con eso, dijo ahora Piotr Ilich: He tenido el honor de confirmar la historia por la presencia de dos amigos. El primero vino desde Budapest y ha tocado el miércoles de la semana pasada en la puerta de este departamento; el segundo vino desde la Côte-Saint-André, al día siguiente. Franz es el nombre del primer amigo, ha tenido la gentileza de alertarme que anda una chica robando botones significativos: La estoy buscando para darle los míos, para que formen parte de una colección, me dijo. Yo a la verdad no entendía ni jota. Él explica que, al llamarse Franz Liszt, sus botones tenían que estar por obligación en el muestrario. Lo mismo me dijo el segundo amigo, quien llevaba, el día de su visita, su nombre con cierto orgullo y altanería. Refiero a Héctor, el hijo del doctor Berlioz. Héctor Berlioz me habló de la misma chica, quien vendría a despojarle de sus botones trascendentes.

Todavía no me quedan claras las cosas, ¿cómo han sabido de nosotros?, preguntó otra vez Romeo Ecuador sin poder tragarse la pregunta y quien aún no estaba convencido con todas las explicaciones. Es fácil muchacho, dijo el maestro: Una persona anda buscando desesperadamente a la señorita Hada Julieta Centella, persona que ha revelado la historia de la colección de botones, la identidad de la chica, la descripción física, mental y académica y, además, ha explicado de modo minucioso de dónde proviene, nos ha contado acerca de los prodigios que puede hacer una máquina que se burla del tiempo, y lo adelanta, y lo regresa, y lo vira de cabeza, y lo zarandea, y lo amarra, y lo suelta, y le hace cosquillas, y no hay quien crea esa historia hasta que por fin te proporciona la prueba de lo que dice, con una pequeña y simple demostración. Esa persona de quien hablo…

Es mi padre, dijo Hada. ¡Exacto!, apuntó el maestro: Dice que usted salió en su máquina a dar una vuelta y ha tenido una avería de viaje, por lo que se le ha perdido usted en el tiempo, en los siglos, en las semanas, en las horas, en los territorios de paz y de guerra. Quiso averiguar su paradero pronosticando a través de la matemática los sitios a los que Hada Julieta acudiría para completar su colección. Por eso fue a ver a Berlioz y fue a ver a Liszt, a ellos antes que a mí, con lo cual se ha llevado un tremendo chasco. Yo la esperaba a usted, Hada Julieta, desde la semana anterior, ansiosamente la esperaba. Por los sueños de mi alumna Antonina Miliukova pude vislumbrar que no vendría sola, hasta ya me sonaba al oído el nombre de Romeo. Y por eso me puse a trabajar de modo laborioso en la obertura-fantasía *Romeo y Julieta*. Y confieso que Héctor Berlioz se me había adelantado con la composición de una sinfonía dramática, de la misma manera llamada *Romeo y Julieta,* opus 17. Si es verdad todo lo que se dice de ustedes, yo quisiera establecer un pacto, lo que sería como un negocio. Un gran negocio.

Los amigos del maestro cuentan historias extraordinarias

¿Piotr Ilich Chaikovski?, para qué queremos ver a Piotr
Ilich Chaikovski, además, ¿quién es ese Piotr Ilich Chaikovski?, le dijo Julia Julieta a la mismísima Hada Julieta.
Solo queremos que nos devuelva a Romeo, dijo Josefina
Isolina. ¡Por eso estamos todos aquí!, intervino ahora Antonito en solidaridad con las palabras de la enfermera. Es
importante en la vida encontrarse con una persona importante, dijo Erineo porque era un tipo culto, le gustaba
la música clásica, aunque no sabía de su historia, ni había
profundizado una milésima en la vida de los compositores. Erineo tenía discos de Wolfgang Amadeus Mozart,
de Ludwig van Beethoven, de Robert Schumann, de Ígor
Stravinski, entre miles de discos más, y por error pensaba
que todos estos compositores estaban vivos, que andaban
de gira por Novgorod, por Cracovia, por Bucarest, Mol-
davia, Sarajevo, por Rio de Janeiro, por Buenos Aires y
Tegucigalpa; y la gente los aplaudía en los conciertos ma-
sivos. Lamentablemente, estaba equivocado, sin embargo, qué importancia tienen las equivocaciones en la vida;
nadie como Erineo se apropiaba del alma de la música,
con tanta entrega como la suya, ni aun aquellos que sabían de memoria el nombre de todos los grandes autores,
sus fechas de nacimiento y sus innovaciones orquestales.
Cuando Erineo escuchó ahora el nombre de Piotr Ilich
Chaikovski, recordó de golpe toda su música y se dijo:
Está arribando un hombre importante a Los Muelles. Si
la dirección municipal de cultura lo supiese, enviaría la
banda de recibimientos.

Y nada más que Piotr Ilich Chaikovski puso un pie por estas inmediaciones, sintió el corrientazo del amor a primera vista. Josefina Isolina le miró a los ojos, bajó la mirada y sonrió, hasta pensaba: *Qué bellos son los rusos cuando tienen la piel disimuladamente mestiza.* Qué bueno verle maestro, qué bueno conocer a alguien importante, murmuró la enfermera. Stefano lloró de alegría, y su madre Genoveva no entendía ni jota de lo que estaba pasando. Genoveva odiaba a los rusos. Para ser más exacto, odiaba a los rusos, a los norteamericanos, a los alemanes y a los coreanos. El maestro Ilich no podía entender las palabras en español de Josefina Isolina, no obstante las interpretó todas por la expresión de su rostro.

¿Para qué queremos ver a Piotr Ilich Chaikovski?, preguntó Julia Julieta indignada, y asimismo, Piotr Ilich pudo interpretar esas palabras que no estaban pronunciadas en su idioma. Josefina Isolina le propinó un codazo a Julia Julieta para que se guardara la indiscreción: Cállate loca, dijo la enfermera: No seas chusma, que este Piotr Ilich parece ser un ser un hombre importante y con mucho dinero.

Si Thelma estuviese aquí le pediría autógrafo al ruso, un ruso con componente de sangre latinoamericana en vena, ¡a saber por cuál misterio!, pensé yo en ese momento. Había que ver la cara de Atonito, mala, malísima cara, pues al parecer no le gustó que Fini, la enfermera de cuidados intensivos, se sonrojara tanto ante la mirada de Piotr Ilich.

Cecilio pensaba en Zandra Alí, de seguro en estos momentos estaba dormida y sin sospechar en la escena en que todos estaban metidos. Piotr Ilich quiso tener unas palabras para los presentes, pero nadie le entendía un carajo. El perro Gonzo ladraba como si hubiese descendido por la luz, el loco Quijote de La Mancha.

Si es verdad todo lo que se dice de ustedes, yo quisiera establecer un pacto, lo que sería como un negocio, un gran negocio, dijo aquella vez en Moscú, Piotr Ilich a Hada Julieta. Usted está loco si piensa que va a subir a la máquina, dijo ella, y se rehusaba categóricamente a realizar semejante disparate. El padre de Hada Julieta se lo había dicho: *Está prohibido trasladarse con más de un viajero*, y ya con Romeo Ecuador rompía las reglas. No hay plazas para otra persona. Imposible.

Entonces el maestro sacó a colación uno de sus últimos y grandes sueños: *viajar al futuro*. Piotr Ilich había escuchado hablar sobre cosas que se vaticinaban en la Historia Ultramoderna de la Humanidad, entonces quería presenciarlas con sus propios ojos.

Tengo un amigo que vive a muy poca distancia del Mediterráneo, dijo el maestro: Cuyo nombre pintoresco me causa un enorme respeto; Giuseppe Verdi ha venido desde Bolonia, Italia, luego de interrumpir su laborioso trabajo, y para decirme: Amigo Piotr Ilich, he detenido la creación musical; me encontraba yo escribiendo una ópera que me encargó el virrey de Egipto, ése papamoscas quiere pregonar por todo el mundo la apertura del Canal de Suez y para ello hará una fiesta en El Cairo, para lo cual tengo el compromiso de fabricar una obra, mi obra *Aída* que he escrito sobre un mantel de papel cartucho. Pero, he dejado el trabajo para venir a contarte algo prodigioso. Por más que soy un hombre incrédulo, me han conmovido las palabras de un tonto; un tonto que dijo venir desde el futuro buscando a su hija, una hija extraviada en una máquina. *Cuántas sartas de disparates dice*, pensaba yo; pero admito que soy piadoso cuando veo a alguien tan desesperado por una hija, (yo perdí a dos de mis hijos). Tuve entonces ocasión de darle hospedaje en mi propia casa a ese sujeto. Y adivina qué, Piotr Ilich, por un misterio divino, el hombre ha demostrado que no miente, pues tan grande amistad entablamos que me concedió un paseo al futuro.

Y diciendo esto, Giuseppe, se puso a contar otra sarta de disparates, cosas increíbles: que si las gentes vuelan por el aire, que si las gentes se hablan a grandes distancias, que si las gentes han llegado al cielo en un aparato, que si el fuego en el futuro es frío como el hielo y mil estupideces más. Sin embargo, luego de escucharlo, yo meditaba: *No viene un hombre tan serio, juicioso, circunspecto, reservado, respetuoso, respetable, escrupuloso, responsable, moderado e inteligente, desde el Mediterráneo, para decir gansadas de mentecato.* Acto seguido le creí. Por tanto, por todo el relato del amigo Giuseppe, quisiera yo tener experiencias equivalentes. Él me aseguró haber viajado durante cien horas continuas fuera de nuestro siglo; y juró y perjuró que ha podido ver el despegue de una nave espacial no tripulada, con sus propios ojos lo vio, un artefacto diseñado para orbitar Júpiter, cuyo nombre ha de ser Galileo; será enviado al espacio en octubre de 1989 desde un transbordador espacial de nombre Atlantis, y la nave Galileo alcanzará la malcontenta atmósfera de Júpiter en 1995.

Y luego se aparece otro amigo desde Zurich, después de interrumpir su laborioso trabajo; el cabezón vino a decirme: Amigo Piotr Ilich, he detenido la creación musical, me encontraba escribiendo la ópera: *La cabalgata de las Valquirias*, la había encargado un príncipe de Munich, pero abandoné ese trabajo para venir y contarte algo prodigioso. Por más que soy hombre incrédulo, me conmovieron las palabras de un hombre. Dijo venir desde el futuro y buscaba a su hija. *Cuántas mierdas dice este hombre*, pensaba yo en lo más interior de mi ser; pero admito que soy piadoso, por eso lo escuché. Tuve ocasión de darle alojamiento en mi propio departamento por unos días. Y adivina qué, Piotr Ilich, por un misterio sobrenatural, el hombre ha demostrado que no engaña, pues tan grande amistad entablamos que me concedió un paseo al futuro.

Y claro, dijo en este momento Piotr Ilich: Este hombre que vino de Zurich no era otro que Richard Wagner. Se puso a contar una retahíla de absurdos, cosas sorprendentes. Sin embargo, yo especulaba: *No viene un hombre tan serio, juicioso..., moderado e inteligente, desde tan lejos, para decir bobadas de insensato.* Entonces le creí, pues era esta la confirmación definitiva. Por tanto, por todo el relato del amigo Richard, y por todo el relato contado por Verdi, quisiera yo tener experiencias semejantes. Ellos me aseguraron haber viajado durante cien horas fuera de nuestro siglo.

Ellos juraron y perjuraron que han podido ver el despegue de una nave espacial tripulada por turistas, con sus propios ojos lo vieron, era un artefacto diseñado para orbitar alrededor de Júpiter y cuyo nombre ha de ser Galileo II. Será enviada al espacio en octubre de 2089, desde una ciudad marítima y circumpolar. La nave Galileo II alcanzará la malcontenta atmósfera de Júpiter en 2095 y los mil trescientos turistas gritarán de alegría al ver a los dragones que de seguro viven allí.

Por tanto, señorita Hada; por tanto, señorito Romeo; dijo el maestro Chaikovski: Si ustedes quieren los botones de marfil de mi camisa, botones cincelados con el arte de la miniatura, «los encargó el zar a unos asalariados en Mongolia para hacerme semejante regalo», llevan escrito cada uno de ellos un verso diferente, fíjense bien, lean en todos los botones y completarán al final un poema de Lord Byron, una rareza, una extravagancia rusa, un capricho cosaco o como quieran llamarle, y si se entiende así, entonces hay que negociar. Con ellos engrandecerán la colección y para tener esos botones, han de concederme un viaje por el futuro; veinticuatro horas, cien horas, doce horas, media hora, lo que quieran darme será suficiente. Y diciendo esto, Piotr Ilich Chaikovski mostró los botones de su camisa, los más hermosos que había visto Hada Julieta en toda su vida.

Fuegos artificiales sobre la parte antigua de la ciudad

Cuando llegó a Los Muelles, Piotr Ilich quiso tener unas palabras para todos los presentes, pero nadie lo entendía. El perro Gonzo ladraba como si hubiese descendido el Quijote por la luz. Entonces, apareció en el lugar de los hechos un personaje que sirvió de traductor e intérprete de jerigonzas, según él, había estudiado la lengua rusa, con todos sus puntos y letras, sustantivos y verbos, en una República de la antigua Unión Soviética. Lo primero que dijo en ruso fue algo así: Me complace darle la bienvenida, en nombre de la policía uniformada, la policía costera, la policía vestida de civil y los voluntarios que se creen policías y delatores, en nombre de todos y de la máxima dirección de Los Muelles, le deseamos una grata estancia. Y quien hablaba no era otro que José Marlon Blando quien añadió: Aquí todo se sabe, profe Piotr Ilich, primero se entera el vecindario y luego la policía, primero los subordinados y luego la jefatura. Ya me decía Erineo que la clave estaba en el artículo de la *Bohemia* y en las búsquedas por Internet; y yo, ni con los espejuelos puestos veía más allá de mis narices. Pero, haciendo un estudio del caso *Romeo y Julieta*; en uno de los análisis se llegó al vaticinio de que por esta uña de Los Muelles, motivo de una avería de viaje, avería que se produce cada jueves en la máquina de Hada Julieta, bajaría por un haz de luz: un perro, una chica, un indocumentado, y a saberse quién más está involucrado en esta historia ilegal. El mando superior me ha dado la orientación que investigue a fondo a todos los implicados en el asunto, y es que estamos buscando a un probable enemigo en esta novela de camino. Perdone profe, si me equívoco y lo confundo a usted con un espía o con un gánster. El primer problema es que parecemos locos, y el segundo es que lo estamos de veras, no obstante, tengo una pregunta que me salta del corazón, dijo el policía jefe: ¿Profe, sabe usted qué fue de Romeo Ecuador? Había olvidado a ese ciudadano cuando lo vi bajar de la luz portátil.

Y en ese momento comenzó a descender otra figura por la claridad hasta Los Muelles. Resbalaba en el aire de la noche invierno, una figura que no parecía terrenal, sino celestial. Bajaba con luminosidad en su piel recién perfumada. La figura continuó descendiendo por segundos, hasta que tocó el suelo. En ese momento aparecieron, por la izquierda del espigón los padres de Antonito, visiblemente enojados, entonces le dijeron: Te hemos buscado por todo el barrio, ¿sabes qué hora es?Hora de alegres sueños, mañana hay que levantarse temprano; tienes examen de Historia y mira donde estás. De inmediato aparecieron mis padres por la derecha del espigón, vinieron en un griterío, gritaban otras retóricas, pero traían las mismas ideas. Arribaron también los padres de Cecilio con la misma labia, asimismo nos sorprendió la aparición imprevista de los padres de Stefano, y la madre y abuela de Vivianne, todos ellos con faroles chinos de keroseno, gafas de sol en los ojos y peinado de torniquete.

Todos nos quedamos boquiabiertos cuando vimos aquella figura que descendía por la luz. Era realmente prodigiosa, comentó mi padre. Ya empezó la madrugada, no es hora para estas boberías, dijo la madre de Antonito. En ese mismo instante, llegó asimismo a escena, la madre de Thelma, y con un ramo de rosas teñidas con bijol y azabache, entonces dijo: Son para el maestro, ya todo el barrio sabe que acaba de llegar del pasado al subdesarrollo.

Y la figura que ahora bajó por la luz, no era otra que la de Antonina Miliukova, quien dijo, cuando divisó la bahía iluminada por farolas amarillas: Esta es la ensenada más hermosa que ojos humanos hayan visto. Habló en ruso pero la gente supuso que dijo eso, a ciencia cierta no se sabe si lo dijo o no. El perro Gonzo se dirigió hacia ella, meneaba la cola. Ella lo acarició de modo teatral y se echó el canino junto a sus zapatos.

Ya todo el barrio conocía de la presencia del ruso en Los Muelles. Muchos querían verlo porque arribaba de un siglo pasado y querían ver a Hada Julieta porque venía del futuro. En este país todo se sabe, la gente es así, curiosa e impertinente, comentó la madre de Cecilio con orgullo y Josefina Isolina asentía con la cabeza, en tanto no dejaba de mirar al maestro. E iban llegando los curiosos del barrio en docenas. A un don nadie se le ocurrió que sería muy bueno entre cinco personas (de esos gordinflones a quienes les gusta jugar dominó científico en la vía pública, dominó estrella cinco puntas, o sea, cinco jugadores) buscar un piano de concierto: Que alguien lo preste para que Piotr Ilich Chaikovski toque un par de piezas. A estos cinco titanes les sugirió Erineo con tono autoritario: Vayan a ver a Robin Hood del solar de Sherwood, en el barrio La Tinajita, él tiene un piano de cola, todo de ébano, teclas de colmillo elefante, un piano comprado en Luxemburgo en 1900.

No arrastren el piano que se desafina, este piano es una joya, es un animal dormido, dijo Robin cuando consintió prestarlo y añadió: Lo presto pocas veces en el año, lo haré esta vez solo para que ponga el profe Chaikovski sus dedos en esas teclas, será un honor para mí. Si un día me decido a venderlo, por ese simple hecho ya valdrá cien dólares adicionales. Y Robin estaba contento porque no se dio ni un leve golpecito cuando lo subieron en una furgoneta. Lo trataron como si fuese cristal y lo levantaron entre los cinco forzudos como si hubiese sido una caja de plumas.

Y empezó a descender otra figura, desde la luz hasta la multitud que empezaba a concentrarse en el área colonial de la ciudad. Con estas tremendas luces, intermitentes, venían todas del cielo, los plebeyos pensaron por error que era noche de carnaval. De momento empezó en las alturas de Los Muelles a tener lugar unos fuegos artificiales repentinos y no programados. Y descendía, por supuesto, como esperábamos, Romeo Ecuador. Todo el mundo le hizo un video a través de un aparato portátil de telefonía.

A Julia Julieta le daban buenos pálpitos al verlo de pronto. Josefina Isolina saltaba porque aparecía su hermano, e igual Genoveva y su cuñado Valentino, mitad alegre, mitad indiferente. Ahí lo tiene, jefe, he cumplido la misión, le dijo Erineo a José Marlon. Y los padres de Antonito se pusieron contentos, y los de Cecilio Báez, y los míos, la madre de Thelma lloraba de emoción, como si fuese ella actriz de novela brasilera. Apareció el hombre, comentó la madre de Vivianne Giulietta del Campo: Al fin, mi Dios. Y seguían los fuegos artificiales e iluminaban las partes oscuras de la bahía invernal. Entonces Hada Julieta se llevó las manos a la cabeza como si estuviese ella en un lamento boliviano: ¡Ay, desgracia la mía!, dijo Hada ante los fuegos artificiales, que no eran tales fuegos, sino la destrucción de la máquina del tiempo. Aquello hizo ¡bum!, se apagaron todas sus luces y Romeo Ecuador que iba a medio camino en su descenso, cayó desde las alturas. Por suerte vino a dar al mar poco profundo, una sopa de agua sucia, los peces que parecían guajacones inmensos se espantaron y salieron volando en un batir de alas. El héroe salió de las aguas y no tenía ni un rasguño, pero andaba a medio teñir por el agua salada con petróleo y fango, y música albañal.

Hada Julieta se echó a llorar, le dio la pataleta. Bien dije que esa máquina no podía transportar a más de un viajero, con Romeo Ecuador era suficiente, ¿Cómo regreso yo a mi casa? Yo soy del barrio Luyanó, pero no soy de este siglo, sino del que viene, un Luyanó moderno de verdad, indicó Hada y agregó: Vivo en una casa vieja, que tampoco se edificó en este siglo, sino en el anterior. Mi madre me quiere mucho y mi padre también, a ellos no les alegrará mi extravío en el pasado. Y Julia Julieta se compadeció de Hada, la estrechó en sus brazos para consolarla y le dijo: En mi casa hay un dormitorio vacío, te puedes quedar allí, en definitiva parecemos hermanas, parecemos y podemos serlo en verdad, parecemos gemelas. Pero Hada lloraba más amargamente. No quedará desamparada, le dijo José Marlon: En Los Muelles nadie queda desamparado, digo, al menos eso dicen las notas informativas.

A Piotr Ilich Chaikovski, también le dio el patatús cuando le explicaron las consecuencias de la explosión. Usted no podrá volver a su siglo, ni siquiera sabemos si pueda regresar a Moscú. Yo tengo un concierto en una fecha determinada y en una hora prevista, y al que no puedo ausentarme de ninguna manera, dijo el maestro. Me temo que tendrá que renunciar a la idea, le dijo amablemente José Marlon Blando. Stefano en ese momento dijo: No se preocupe, maestro, mis muertos le ayudarán a volver, doy fe; les he visto cara a cara y sé que son buenos muertos. Aunque no los vemos, ellos están por aquí, y ya de seguro estarán atrayendo para este momento alguna solución inmediata.

Yo también tengo un dormitorio vacío, se puede quedar en mi casa, interrumpió Josefina Isolina, la mejor enfermera, y agregó: Además, me puede llamar Fini, como me dice todo el mundo en el hospital. Esto último a Antonito no le gustó, el golpe de los celos le dio en el blanco del latir del pecho. *Se derrite ante los extranjeros, aunque sean patisecos*, pensó.

Yo hubiese propuesto llevarnos a Antonina Miliukova para la casa, le hubiese dicho a la hermosa que me puede llamar por el apodo de Fulanito, como lo hace todo el mundo, pero mi padre me abrió los ojos en señal de desaprobación. Entonces surgió una pregunta entre toda la gente que estaba en esta arista de Los Muelles: ¿Quién se llevará a Antonina Miliukova para su núcleo familiar? Y aparecieron muchos voluntarios dispuestos a darle alojamiento, pero ninguno tenía un dormitorio vacío, todos vivían apretados, lo menos diez en una habitación. Entonces el asunto se solucionó cuando apareció un redondel de luz en el cielo. Hada Julieta dejó de llorar y todos los presentes se quedaron boquiabiertos.

El más grande redondel de luz que se haya visto en este cielo despejado

Y todos empezaron aplaudir cuando vieron al gigante redondel de luz sobre la bahía. No se sabía qué era en realidad, pero por los saltos de alegría de Hada Julieta se pudo suponer que se aproximaba algo bueno. Sin dudas que Antonito, Cecilio y yo, intuimos la llegada del salvador, del rescatador de sonrisas, del amparador del sosiego. Vivianne aprovechó el momento para besar a Stefano. Esa luz no podía ser otra, sino aquella que emitía la máquina del padre de Hada Julieta. Así fue. El perro Gonzo saltaba igual de contento y volvió a mover la cola. Erineo asimismo estaba seguro que vendrían a buscarla. Y por la luz bajó un hombre con los brazos extendidos: Es el padre, decían las gentes. Hada corrió al encuentro del recién llegado en el mismo instante en que bajaron el piano de la furgoneta. Con cuidado, dijo Robin y agregó: Ahora que parece que ha llegado en buen momento no lo dejen caer en el asfalto.

Genoveva y Valentino comentaron con la madre de Vivianne: Tu hija y nuestro hijo parecen que se han hecho novios. ¡Enhorabuena!, un buen chico y una buena chica al fin se comprenden. La madre de Vivianne asintió con la cabeza, aunque no parecía convencida del todo.

El padre de Hada estaba nervioso cuando puso los pies en tierra firme. Estoy bien papá, sin un rasguño, dijo su hija mimada. La madre de Thelma le regaló una flor. José Marlon dijo otro discursito, esta vez de una brevedad asombrosa. Al piano lo colocaron en uno de los galpones de Los Muelles, un sitio lleno de madera, sacos de arroz y lentejas. No he tenido mejor ocasión de tocar para un selecto público como ahora, dijo el maestro Piotr Ilich Chaikovski y se encaminó al piano e interpretó la primera versión de la obertura-fantasía *Romeo y Julieta*. Por minutos aumentaba la asistencia en este sitio público y hasta que se llenó el galpón. Después de concluir el juego de béisbol, el equipo ganador vino a Los Muelles. Había festejos en el barrio y lanzaron fuegos artificiales de verdad, parecía día de carnaval. A los invitados les trajeron algo exquisito para beber e hicieron un brindis *aliñao*. Esta botella la tenía guardada para los quince de mi hija, pero la ocasión merece abrirla, dijo el custodio de Los Muelles que trajo la bebida.

Stefano quedó impresionado con la ejecución al piano de Piotr Ilich y la pobre mamma se estaba quedando dormida con tanto musiqueo, se quedaba dormida así de pie. En estos últimos días su hijo había tenido un sueño largo, sin embargo, ella no había conseguido pegar los ojos por la preocupación.

Llegó luego la hora del telón, especialísimo momento de los aplausos finales, la ovación fue enorme, los plebeyos tiraban los sombreros hacia delante, así como se hacía en 1920 en el Teatro Alhambra cuando cantaba una vedette y el auditorio quedaba complacido.

Un rato después, el padre de Hada Julieta miró el reloj y aun cuando estaba sumamente conmovido por la interpretación del maestro, dijo: «Llegó el momento de marcharnos». Romeo desde luego se entristeció ante semejantes palabras. Padre, no podemos irnos solos, dijo Hada con una expresión suplicante. Claro, hija, tenemos que devolver al maestro Piotr Ilich, respondió él, será un viaje largo. Y estas últimas palabras entristecieron a Fini. Todos salieron otra vez del galpón a la intemperie y los agasajados se abrieron paso entre las gentes. Piotr Ilich firmó un centenar de autógrafos. En un santiamén el compositor le dijo a Robin Hood: Si pudiera, le compraría el piano y me lo llevaría a Moscú, suena impecablemente, es una joya.

Y en el mismo redondel por donde, en una noche de jueves, desapareciera Romeo Ecuador Angulo, se situaron Hada Julieta, Antonina Miliukova, el padre salvador y el maestro. Hada Julieta se despidió de Romeo, luego de unas palabras que nadie consiguió escuchar, colocó un beso visiblemente pirata en los labios del petulante y le dejó una marca de creyón que parecía una orquídea. Julia Julieta se hizo la que no vio nada, a fin de cuentas sentía ella la seguridad absoluta de poseer los labios que encendieron la aventura del mundo. Romeo estaría dispuesto a viajar a cualquier parte del universo, incluso más allá de los planetas de vidrio, a un municipio lejano del Paraíso o al siglo de oro de la literatura española, pero fuese a donde fuese, regresaría siempre a los brazos abiertos de Julia Julieta.

Fini, también le dio un beso al maestro, una vulgar copia del beso anterior, aunque le faltaron la mitad de los ingredientes para hacerlo legítimo, y desde luego, a Antonina Miliukova la escena le desagradó sobremanera. Y qué decir de Antonito, hubiese dado un puñetazo en la pared y la hubiese doblado por su abdomen de ladrillos, y hasta le hubiese fracturado una costilla.

Romeo recordó en este instante algo importantísimo que casi olvida, entonces le dijo a Hada: Cuando tuve la ocasión de salir de la máquina, temí que una explosión desintegrara todo, por tanto, y por precaución, pude salvar esta botija. Entonces mostró algo que traía entre sus pertenencias, la hermosa hucha llena de botones. Son parte de tu colección. Eso vale una fortuna, opinó Robin Hood y le brillaron los ojos. Hada saltaba de alegría, pues no la quería para vender, sino para su repertorio de objetos de valor sentimental. Nos tenemos que marchar, es un viaje largo, tan parecido a un viaje en tren de tercera clase, volvió a subrayar el rescatador.

Cuando terminaron todas las ceremonias de despedidas, empezaron a ascender por la luz. Primero las dos muchachas, luego el padre y finalmente el maestro. La gente aplaudía y Los Muelles estaban ahora concurridos como nunca, mucho más que en los días de carnavales. Mientras ascendía, Piotr Ilich pudo ver la ciudad desde lo alto, sus tantos cabellos de luces, sus grandes edificios que parecían grandes telas que el viento movía, los automóviles, las fábricas que no duermen y un crucero, a su juicio de papel y plumas, que entraba en la bahía en ese minuto.

Piotr Ilich había aprendido a pronunciar una palabra nativa y Stefano le había dicho que no la repitiera, pues resultaba ser una tamaña obscenidad. Estos dos personajes, en un paréntesis de esta historia real, conversaron un momento: Nunca sientas miedo, mi querido Stefano, le dijo Piotr Ilich: Tú encontraste la música metida en un río, la sacaste con tus propias manos, parecía una piedra antigua y te la bebiste de golpe antes que alguien te la robara, ahora tienes talento, sabes interpretarla; todo esto que te hablo, Antonina Miliukova por bruja me lo ha dicho. El piano tiene un corazón que le late adentro y a ti te toca buscar lo que crece en él. Libérate de todas tus fobias, guárdalas en un pomo de laboratorio y échalas al mar. Para el arte musical has nacido y eso te hace poderoso. Tú eres un compositor de frente alta, espabila que tus ancestros te ayudaran a batallar. Ponle a tus muertos un mazo de azucenas, miel de ojos tristes, miniestras y cascarilla, con esa obra ellos despertarán siempre a tu lado. Te regalo mi bonete, tiene las huellas de mi imaginación caladas por dentro.

El beso final de esta historia se lo dieron Julia Julieta y Romeo Ecuador, pero nadie los aplaudió como en las películas de Hollywood, nadie se percató de un beso tan común, nadie le dio jerarquía, era un beso ordinario, aunque confieso que fue el beso más importante de mi testimonio.

Erineo y José Marlon le dieron dos apretones de manos a Romeo Ecuador y dijo uno de ellos: Menudo dolor de cabeza nos has dado en los últimos días. En ese mismo instante desapareció la grandiosa luz del firmamento de la bahía y aquellos visitantes desaparecieron para siempre sin llegar al olvido.

Como es sabido por todos, Piotr Ilich Chaikovski y su alumna llegaron a su lugar de origen, Moscú, hermoso Moscú del siglo XIX. Meses después se casaron, meses después se divorciaron. Dicen las malas lenguas que él nunca olvidó los ojos de Fini, porque los ojos expresivos de una enfermera no se olvidan con facilidad. De Hada poco sabemos que fue de su vida, si se graduó o no como filóloga, si aprobó o no un examen final en la Universidad del futuro, es costumbre en las hadas madrinas terminar en leyendas.

Al día siguiente de esta gran noche de Los Muelles, cuando nos reunimos otra vez en el barrio, nos comportamos como los reyes de la novela: Hemos sido testigos de acontecimientos exclusivos. Zandra y Thema estaban anonadadas con nuestros relatos; a veces exagerábamos un poco cualquier circunstancia, mas ellas quedaban complacidas con nuestras ocurrencias. Antonito se ha puesto a escribir todos estos episodios en una libreta, un documento lleno de falsedades; en tanto Cecilio se negó redactar un solo párrafo, dijo simplemente que carecía de imaginación y de ortografía para semejante empeño. Yo pienso lo mismo, tengo iguales carencias. Escribir una obra semejante no es asunto fácil, no obstante, por si acaso, ya yo he escrito la mía para que quede constancia de una historia tal como ocurrió.

ACERCA DEL AUTOR

Arnaldo Muñoz Viquillón. Nacido en Ciudad de La Habana, 1972. Licenciado de Estudios Socioculturales. Graduado también de Informática, Electrónica y Estadísticas.

Entre otros, ha publicado los libros: *La muerte segura de Guillermo Guillén* (Novela, Editorial Letras Cubanas, 2002), *El olor de la langosta y la torre de cerámica* (Novela, Editorial Unicornio, 2003), *La muerte segura de Paula María Barrientos* (Novela, Ediciones Ávila, 2004), *Los funerales de Mauro Lechuza* (Novela, Editorial Capiro, 2005), *Turbión de luz negra* (Cuentos, Editorial *El Mar y la Montaña*, 2006), *Horizonte de las tres lunas* (Novela, Editorial Extramuros, 2006), *Sobre la piedra de hielo* (Poesía, Editorial Sed de Belleza, 2007). Ha obtenido en dos ocasiones el Premio La Edad de Oro y Sed de Belleza. Obtuvo una beca de creación literaria en Andalucía, España, a partir de un proyecto de libro presentado en un certamen iberoamericano.

Premios y Distinciones

- Premio de poesía con el poemario Enlíl, en el concurso ABDALA, auspiciado por La Sociedad Árabe de Cuba.

- Premio en el concurso Pinos Nuevos 2002 en el género de narrativa, con la novela *La Muerte*

Segura de Guillermo Guillén Jurado: Rogelio Riverón, Alberto Guerra Naranjo y Manuel Hernández Lagarde.

- Premio en el Concurso Félix Pita Rodríguez, 2003 convocado por el Centro Provincial de Libro de La Habana con la novela: *El Olor de la Langosta y La Torre de Cerámica.* Jurado: Alberto Guerra Naranjo, David Mitrani y Raúl Aguiar.

- Obtiene la beca de creación literaria, El caballo de coral, otorgada por el Centro de formación literaria Onelio Jorge Cardoso, por el proyecto de libro, Pégame,

- Premio Literario Fundación de la Ciudad de Santa Clara 2004 con la novela: *Los funerales de Mauro Lechuza.* Jurado: Lisandro Otero, Pedro Llanez y Jorge Ángel Pérez.

- Premio Eliseo Diego, 2004 convocado por el Centro Provincial de Libro de Ciego de Ávila con la novela: *La muerte segura de Paula María Barrientos,* Jurado: Heras León, Raúl Aguiar y Ángel Santiesteban.

- Premio de Cuento en el concurso La Gaveta 2004 auspiciado por la AHS y la revista *La Gaveta de Pinar del Río.* (Publicado) Presidente del Jurado Enmanuel Torné.

- Premio Luis Rogelio Nogueras otorgado por la Asociación Hermanos Saiz de Ciudad de la Habana 2004, por el libro, *Cuentos de Humilladero*

- Premio Luis Rogelio Nogueras (novela) 2005 otorgado por la Asociación Hermanos Saiz y en el mismo certamen alcanza el premio principal del Luis Rogelio

Nogueras que otorga el Centro Provincial del Libro y la Literatura de Ciudad de la Habana, con la novela: *Horizonte de las tres lunas.*

- Premio de poesía Rafaela Chacón Nardi 2007 con el libro Azar del perfumista.

- Premio Sed de belleza, con el poemario Sobre la piedra de hielo.

- Premio La Edad de Oro, 2008 con la novela, *Arnoldo enamorado.*

- Premio Sed de belleza,2009 con el poemario: La sola golondrina que trajo el verano.

- Premio Uneac, Ismaelillo, 2012 con el libro *De cómo el arpa se enamora del catalejo.*

- Premio La Edad de Oro, 2012 con la novela, *Dimitri enamorado en el llano de las aguas luminosas.*

- Premio Nacional UNEAC

- Premio Francisco Paco Mir de la Uneac de la Isla de la Juventud, 2017 con la novela juvenil, *La noche ovejuna termina en el río.*

OTROS TÍTULOS

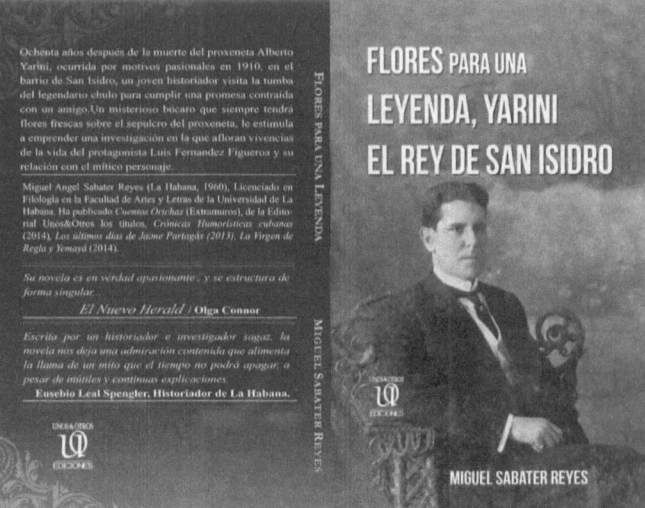

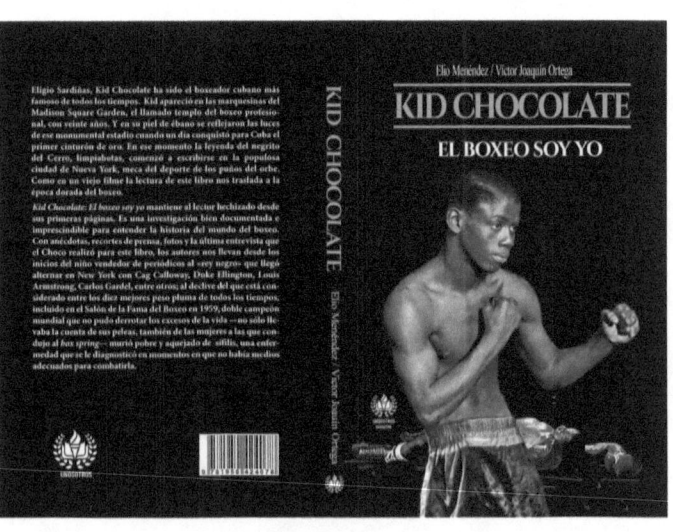

JAURÍAS DE LA URBE

JAURÍAS DE LA URBE

RELATOS SOBRE PERROS Y HOMBRES QUE RESCATAN EL ESPÍRITU DE JACK LONDON

ERIC FLORES TAYLOR

HISTORIA DE LA SANTERÍA CUBANA

Historia de la santería cubana, no es un libro más de los muchos que, desde la década de los 90, se han publicado en Cuba y el resto del mundo sobre el tema. Se trata de un estudio que aborda las formas tradicionales de la santería con las variantes asumidas en la sociedad cubana desde su introducción en la isla hasta nuestros días. Aplicando el análisis que vincula aspectos de diferentes disciplinas como la antropología y la sociología, el autor reflexiona en temas como la instauración del imperio yoruba, el proceso ritual de iniciación personal, el código ético e identitario de la Regla de Ocha, definición de Oricha, orígenes del sistema oracular del Ifá, entre otros, para ofrecernos en estos trece ensayos, una variedad de puntos de vista sobre un fenómeno tan consustancial a la idiosincrasia cubana como son las tradiciones afro- religiosas.

Nelson Aboy Domingo (Cuba, 1948)
Lic. Teología. Instituto Superior de Estudios Bíblicos y Teológicos, ha cursado numerosos diplomados en Antropología y Enología. Sus estudios se han enfocado, principalmente, en las religiones afrocubanas. En este campo destacan títulos como *Nuestra América Negra, Territorio y Voces de la Interculturalidad Afrodescendiente*.

Es miembro de la Unión de Historiadores de Cuba y colaborador de distintas instituciones culturales, Presidente del Consejo Científico de La Casa Museo de África adjunto a la Oficina del Historiador de la Ciudad de la Habana, Miembro Permanente de The Nacional African Religión Congress Philadelphia, California, EE.UU.

HISTORIA DE LA SANTERÍA CUBANA

NELSON ABOY DOMINGO

HISTORIA DE LA SANTERÍA CUBANA

NELSON ABOY DOMINGO

Kabiosiles
Los músicos de Cuba

Aquí están reunidos sesenta y seis retratos de nuestros dioses terrenales: los músicos de Cuba. Esos que andan en nuestra memoria, en nuestra piel y en la niebla de nuestra identidad. Son los rostros que conforman nuestro ADN sonoro. Estos «Kabiosiles», son saludos desde lo más profundo del corazón.

Vicentico, Benny Moré, Rita, La Lupe, Bola de Nieve, Celia Cruz, Machín, Arsenio Rodríguez, son algunos nombres en ese mapa de lo que somos. Porque, como escribió el poeta Ramón Fernández-Larrea, el autor de este libro: «Bajo la noche catalana, en las calles de melancolía de París, en viejos pueblos volcánicos de Canarias tengo una luz. De esa luz baja una lluvia como un son esplendido como la vida, con guiños de mujer y olores que me mecen, y el alma se divierte y se expande, y es la única razón que nos une y nos abraza a todos por igual. A tristes y serenos, a poetas y amargados, a viudos y cumbancheros, a cercanos y lejanos. Los que siempre nos encontraremos en el único mar de nuestros sueños reales».

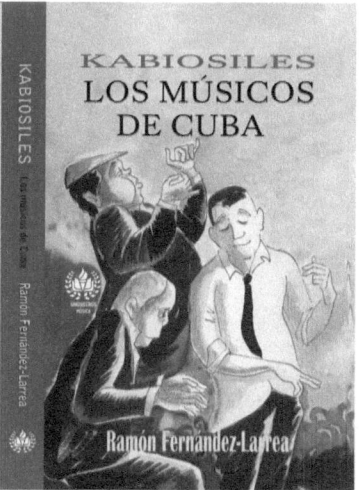

KABIOSILES
LOS MÚSICOS DE CUBA

Ramón Fernández-Larrea

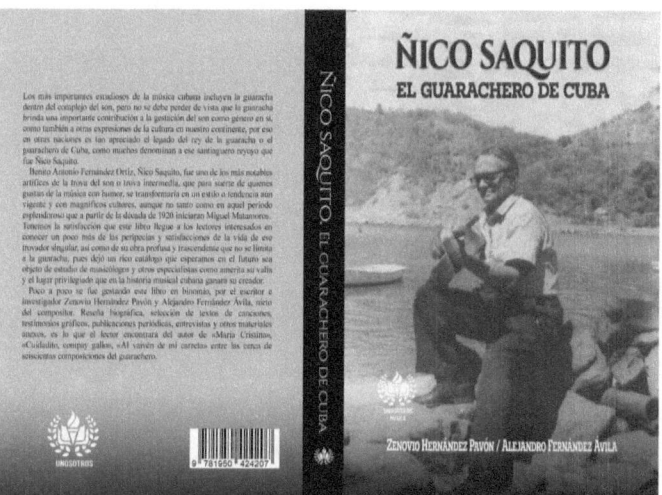

Los más importantes escalones de la música cubana incluyen la guaracha dentro del complejo del son, pero no se debe perder de vista que la guaracha brinda una importante contribución a la gestación del son como género en sí, como también a otras expresiones de la cultura en nuestro continente, por eso en otras naciones es tan apreciado el legado del rey de la guaracha o el guarachero de Cuba, como muchos denominan a ese santiaguero reyayo que fue Ñico Saquito.

Benito Antonio Fernández Ortiz, Ñico Saquito, fue uno de los más notables artífices de la trova del son o trova intermedia, que para suerte de quienes gustan de la música con humor, se transformaría en un estilo o tendencia aún vigente y con magníficos cultores, aunque no tanto como en aquel período esplendoroso que a partir de la década de 1920 iniciaran Miguel Matamoros. Tenemos la satisfacción que este libro llegue a los lectores interesados en conocer un poco más de las peripecias y satisfacciones de la vida de ese trovador singular, así como de su obra profusa y trascendente que no se limita a la guaracha, pues dejó un rico catálogo que esperamos en el futuro sea objeto de estudio de musicólogos y otros especialistas como amerita su valía y el lugar privilegiado que en la historia musical cubana ganara su creador.

Poco a poco se ha gestado este libro en binomio, por el escritor e investigador Zenovio Hernández Pavón y Alejandro Fernández Ávila, nieto del compositor. Reseña biográfica, selección de textos de canciones, testimonios gráficos, publicaciones periódicas, entrevistas y otros materiales únicos, es lo que al lector encontrará del autor de «María Cristina», «Cuídalo», «compay gallo», «Al vaivén de mi carreta» entre las tetras de seiscientas composiciones del guarachero.

ÑICO SAQUITO
EL GUARACHERO DE CUBA

Zenovio Hernández Pavón / Alejandro Fernández Ávila

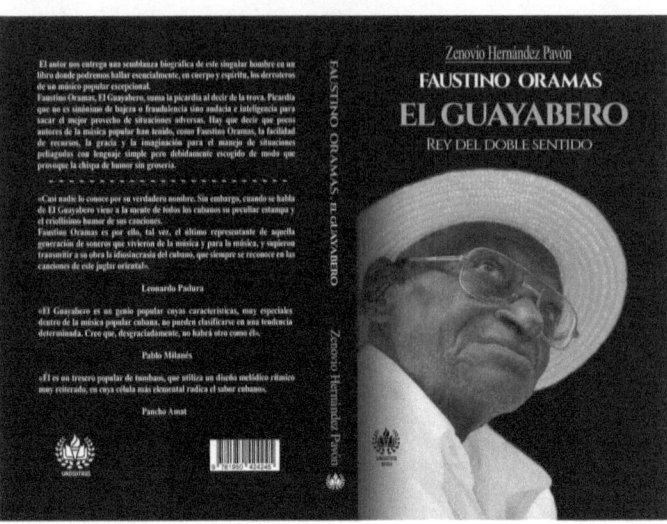

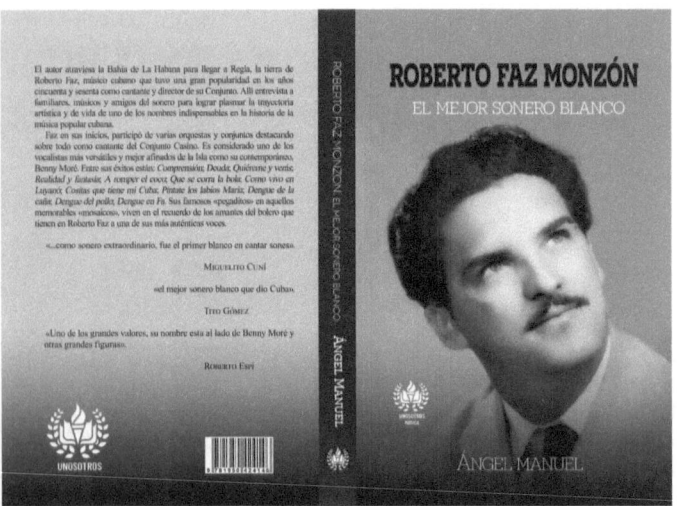

www.unosotrosediciones.com
infoeditorialunosotros@gmail.com

UnosOtrosEdiciones

Siguenos en Facebook, Twitter e Instagram:

www.unosotrosediciones.com

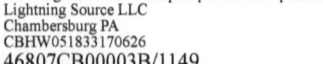